IL A FAIT L'IDIOT À LA CHAPELLE !

Au fil de sept histoires brèves, Daniel Auteuil nous entraîne sur les traces de Dany, un gamin de dix ans, la curiosité en éveil et un sens inné de l'observation. Souvenirs marquants, premières amours, premier chagrin, premier mensonge, entre Paris et Avignon, la rue Monge et l'église Saint-Agricol, l'enfance de Dany se déroule au rythme des représentations que ses parents, chanteurs d'opérette, donnent de ville en ville. Et puis, il y a aussi les figures qui habitent cette enfance, les visages presque effacés de Mireille, Pépé Gaston, le vieux Pito…

Daniel Auteuil retrace, par petites touches sensibles, les chagrins et les joies de l'enfance, illustrés par la plume délicate de Sempé.

Daniel Auteuil

IL A FAIT L'IDIOT À LA CHAPELLE !

DESSINS DE SEMPÉ

Éditions du Seuil / Archimbaud

Les éditeurs remercient
la galerie Martine Gossieaux

Éric Adda
Jean-François Bassinet
Pascale Comte
Olivia Paploray
Jean-François Robin
Alain Satgé
Pierre Sentagne

TEXTE INTÉGRAL

ISBN 2-02-066955-2
(ISBN 2-02-057306-7, 1re publication)

www.seuil.com

À Henri et Yvonne qui jouent aussi dans ce livre…

L'arrivée à Dijon

J'ai toujours ressenti un véritable apaisement à l'intérieur de ces ventres de baleine que sont pour moi les théâtres. Ils furent l'aire de jeu la plus miraculeuse que j'aie jamais rencontrée.

Quand nous arrivâmes à Dijon cette année-là pour la première fois, chargés comme des bourricots de nos malles, de nos panières, de nos valises et de nos sacs, nous fûmes accueillis avec enthousiasme par un tout petit monsieur très souriant et très sale sur lui, qui se mit à agiter ses bras dans tous les sens pour attirer notre attention. Étonné par les contorsions du bonhomme, je me tournai vers mon père qui m'expliqua avec un authentique soulagement la présence du monsieur. « C'est Pierrot, le garçon

THEAT
CAISSE
8 Octobre
Les Cloches de Corneville

de théâtre. Il est venu pour nous aider à porter les bagages et nous conduire au meublé. » Il était si petit, si maigre, que je ne voyais pas comment il arriverait à nous tirer d'embarras avec le fatras que nous transportions. Nous partions pour six mois, et entre les effets personnels contenus dans une demi-douzaine de valises, deux panières pour les costumes de théâtre et une autre d'accessoires ménagers, je trouvais les bras de Pierrot un peu faibles. D'autant que j'en portais ma part.

– Vous êtes venu avec la camionnette du théâtre ? demanda mon père, confiant.

– Je n'ai pas mon permis, mais ne vous inquiétez pas, j'ai le charreton.

Pierrot avait une particularité extrêmement dérangeante pour ceux qui craignent : ses paupières soudées à moitié de l'œil laissaient constamment suinter un liquide épais d'un jaune des plus équivoques. Ma mère, à sa vue, marqua un léger recul. Voyant qu'elle risquait de se trouver mal, mon père précipita le mouvement.

– Attends-nous ici, on file à la consigne et on revient.

– Oui, suffoqua-t-elle.

Pierrot était organisé : le charreton attendait devant la porte de la consigne de la gare. Organisé, mais pas prévoyant, et en tout cas mal équipé. Il faudrait faire deux voyages, c'est sûr. Sinon pire. Les deux hommes chargèrent les malles à costumes, le bien le plus précieux de mes parents, leur seule richesse, leur outil de travail, leur gagne-pain. Là s'entassaient tous les trésors d'Ali Baba, toutes les soies des Mille

et Une Nuits, tous les chiffons de Princesses Czardas à valser des beaux Danubes bleus, toutes les larmes du Pays du sourire, toutes les espérances de la Vie de bohème, des faux bijoux, des bâtons de rouge Leichner pour maquiller les joues, des crayons à vieillir, des poudres de perlimpinpin… Mais le rêve des hommes a son poids.

Animé par l'unique bonheur d'être au monde, Pierrot s'attela à la charrette de toute son énergie, et la tira comme un baudet. Mon père servait de balancier aux deux énormes valises, qui le déséquilibraient dans sa marche heurtée sur les pavés. Ma mère et moi fermions la caravane, modestement chargés. Il nous fallut bien une heure pour traverser la ville et rejoindre le théâtre. Il était convenu que nous laisserions les malles de costumes au théâtre, qu'ensuite, les hommes iraient chercher le reste des bagages, et qu'enfin, Pierrot nous amènerait au meublé où mes grands-parents attendaient notre venue. Après avoir contourné l'entrée principale, nous débouchâmes sur l'entrée des artistes. Une double porte recouverte de vieux cuir noir, et cloutée à ses embrasures, s'ouvrit sur un concierge casquetté à carreaux. Ce fut le sauveur des bras de mon père. Blanc comme un linge, de grosses gouttes de sueur perlant à son front, mon père salua Monsieur le concierge et le remercia pour le verre d'eau qu'il voudrait bien lui apporter. Puis il se posa sur une large banquette qui frimait dans le couloir de l'entrée, en disant : « J'en peux plus ! »

Épaulé par le concierge, Pierrot montait les malles jusqu'aux loges, ma mère avait mal à un pied, et moi je demandais pour pisser. Madame la concierge m'indiqua la porte de droite au fond du couloir. Je ne dis pas que je me trompai de porte intentionnellement, je dis que la curiosité l'emporta sur l'envie. Au bout du couloir, trois marches de pierre grise plongeaient en tourbillonnant dans une flaque de lumière, qui jaillissait comme une truite au soleil. C'est donc sans arrière-pensée que je les descendis pour y pêcher de nouvelles impressions. La lumière venait du ciel, se faufilant entre les tuiles du haut toit et par la porte entrebâillée que je poussai, pour venir écraser ses pépites brûlantes sur le cœur du théâtre : la scène. Capitaine au long cours de ce Vaisseau fantôme arrêté, je fermai les yeux afin de mieux me diriger entre les étoiles. Tant de fois je me suis jeté en aveugle dans le ventre des théâtres, les mains en avant pour protéger mon visage et me guider à tâtons. Et même quand il n'y avait plus rien à agripper, je continuais d'avancer, faisant un masque de mes mains, et parfois, n'y tenant plus, je m'arrêtais pour m'asseoir, accrocher une autre tige de lumière et éviter le pire : la fosse d'orchestre ou le trou du souffleur... Pour arrêter ce jeu dont je transgressais quelquefois les règles, il me suffisait de me retourner pour rejoindre le puits de lumière de la porte d'entrée. Mais ce jour-là, le désir encore inassouvi de plus de sensations, je m'engouffrai dans les dessous du théâtre. C'était comme dans un immense cercueil : des planches sur ma tête et sous mes pieds, des bribes de décors, une chaise cassée, et toujours, mais plus diffuse, la lumière du ciel. Au deuxième sous-sol, une lampe de secours fit trembler mon ombre.

Au-dessus de moi, il fait noir, le plancher

s'écarte. Au troisième sous-sol, je marche sur de la terre battue, la pierre est humide et, des murs, dépassent deux anneaux scellés.

Pierrot m'expliqua un peu plus tard que le théâtre avait été bâti sur les fondations d'un ancien couvent, et que l'on avait retrouvé, sur le lieu de ma dernière expédition, des centaines de squelettes de bébés. Pendant de longues années, je me suis demandé pourquoi, chez les religieuses, on enterrait les petits bébés dans les théâtres.

Ce soir-là, je suivis mes parents dans la sacrosainte arène des divertissements lyriques de fin d'année, opérettes à grand spectacle avec chanteurs vedettes venus de Paris, décors et costumes en Technicolor, danseuses et danseurs en liesse, choristes en verve et public en extase. J'avais apporté mon habit du dimanche et du linge propre dans un petit sac, afin de pouvoir me changer après ma douche au théâtre. J'adorais me doucher au théâtre. Ensuite, dans la loge de mon père, dans l'odeur des costumes et des maquillages, je prenais un peu de son eau de toilette et je me sentais un autre homme. Puis j'enfilais mon petit pantalon, mes chaussures à lacets, ma chemise blanche, je tentais le double nœud de cravate, et terminais en attachant soigneusement deux des trois boutons de mon blazer bleu marine que j'adorais particulièrement, puisque je n'avais que celui-là.

Ensuite, je traînais dans les couloirs, dans la loge de mon père, un peu, mais je sentais qu'à un moment donné, il valait mieux le laisser tranquille avec ses camarades.

Il y avait aussi un endroit bien agréable : le foyer des artistes. Une espèce de fumoir où les chanteurs et danseurs aimaient à se retrouver au cours de la représentation, entre deux scènes. Mais à cette heure, tout le monde était dans sa loge. Restait le studio de répétition, où un piano droit m'occupait de longues heures, certains jeudis, et sur lequel je tapais comme un sourd avec la parfaite illusion d'en maîtriser les touches. Mais, ne pouvant jouer à Chopin, je m'abstenais de toute tentative créatrice.

Je décidai alors d'aller dans la salle sans passer par la porte magique et secrète : scène-salle. Je sortis par l'entrée des artistes pour rejoindre l'entrée principale par la rue. Il restait encore une demi-heure avant le début de la représentation. J'avais un peu froid dans mon petit blazer, mais aucune envie de me mêler à la foule des spectateurs, excités à l'avance par leur dose de poudre de perlimpinpin. Ce public immuable qui, depuis que je le croise, est formé de vieillards et d'enfants. Étrange public que celui des opérettes. Comme si l'on n'allait voir jouer cela que jusqu'à dix ans et après soixante-dix ans ! C'est ce qui en fait le charme. On ne rit jamais très fort à ces spectacles, peut-être aussi parce que l'on est sourd… Je restai un moment à regarder ces gens. Puis, comme la sonnette qui rappelle à l'ordre l'enfant endormi, celle du théâtre invita les derniers spectateurs à rejoindre leur fauteuil. À cet instant, toujours, les choses se précisent, les pas s'accélèrent et la panique s'installe. Je choisis de me placer à l'avant-scène côté jardin, debout en appuyant mon cœur contre le mur, dans l'encoignure de la porte capitonnée, surplombant ainsi, de ce poste d'observation privilégié, la fosse d'orchestre, le public du parterre et la scène. Les musiciens avaient déjà accordé leur instrument. J'avais raté cette cacophonie étrange de cimetière d'éléphants, où chacun, dans ce magma de sons, arrive à retrouver son *la*. On finissait d'applaudir l'entrée du chef d'orchestre qui, en se retournant vers ses musiciens, ajustait une mèche de cheveux ainsi que la pochette de son habit, tapotait d'un bruit sec sa baguette magique sur le dessus de son pupitre, et levait les bras. Ça pouvait commencer. Les hautbois s'élevèrent du premier coup de baguette, suivis des cordes et des cuivres, de la harpe discrète et des cymbales viriles. Déjà, ça tapait dans les mains. Il ne fallait pas leur en promettre ; ils en voulaient pour leur argent, et ils seraient servis : pa pa pa pa pam pam pam zit zit boum boum et re boum boum ! Moi aussi j'aimais. Il faut dire que depuis que j'étais né, je n'entendais que ça. Mais c'était déjà quelque chose, non ? Le public, à présent, voulait voir ses héros. Le rideau se leva, et tout le mauvais goût du monde s'abattit sous nos yeux émerveillés.

La chaleur, peut-être, ou le fait d'être trop serré dans mon pantalon, le grand souci que je me faisais de ma dernière place à l'école au premier trimestre, l'angoisse de devoir prendre, le lendemain, le train tout seul, ou bien encore le froid sur une digestion difficile : je tombai dans les pommes. Quand je rouvris les yeux, une dizaine de visages, dont celui de ma mère, peints en rose bonbon avec d'énormes lèvres rouge carmin et de grands yeux aux faux cils de biche, étaient penchés sur moi comme autant de fées sur le berceau de la Belle au bois dormant. Un humain normal, avec une vraie moustache, de vraies lunettes, et un nez qui faisait faux, me prenait la tension. Je ne savais plus qui était qui, qui faisait quoi, si j'étais dans une opérette ou dans mon lit, en plein cauchemar. C'était pour de vrai ? On me pardonna tout et l'on m'accorda même un crédit sur le second trimestre scolaire, ce qui me donna à moi aussi, me dit ma mère, du rouge aux joues.

La cigarette

Après la dernière représentation de l'année, nous devions, avec toute la troupe, fêter le réveillon du jour de l'an dans une maison à la campagne et dormir sur place. La nuit tombait sur la rue, nos rires sortaient de nos bouches comme de la fumée de cigarette et l'empreinte de nos pas glissait dans la neige comme des pattes de renard. C'était gai. En franchissant la porte de l'entrée des artistes, l'air était déjà à la dissipation : le concierge était paf, et de sa cagna s'échappaient les remugles graisseux d'un réveillon anticipé, les petites danseuses se tenaient fièrement sur leur trente et un, et le danseur étoile avait un beau smoking. Certains choristes, aussi, tardaient à se changer. Tout le monde était fier de se montrer dans sa tenue de fête.

Je restai un instant à regarder mon père se maquiller, comme j'aimais à le faire. Pour lui redonner sa souplesse, il passait sous l'eau la petite éponge coupée en carré et, après l'avoir imprégnée de fond de teint, il commençait par le front, puis, en fermant les yeux, il continuait sur les paupières, le nez, les joues, le menton et le cou. « C'est très important le cou ; il ne faut pas donner l'impression d'un masque. » Aussi, avec infiniment de précision, il terminait par un dégradé savant qui s'achevait juste après la glotte. Ensuite, à l'aide d'un crayon gras, toujours mal taillé, il redonnait vie à ses yeux en les soulignant simplement d'un trait noir. À ce moment très précis, il faisait une mimique qui correspondait à l'idée qu'il se faisait du personnage à interpréter. L'expression donnée venant du plus profond de son instinct était toujours extrêmement juste à ce moment du maquillage, quasi dépouillé par rapport à celui de ses camarades de loge. Il ne lui restait plus que quelques détails à peaufiner. S'il jouait une vieille ganache, avec trois fois rien de *crépet*, il se taillait une maigre barbiche, mettait du blanc dans ses cheveux, et pour le reste, il se cassait en deux.

Ce soir-là, je n'eus pas droit à l'odeur de la colle à postiche. Mais, comme il plissait ses yeux dans le miroir, je sentais bien qu'il manquait quelque chose. Sans hésiter, il mit du rouge sur ses joues, et refit une mimique qui, visiblement, ne le satisfaisait pas encore, puisqu'il semblait toujours questionner son miroir. Alors j'osai lui demander pourquoi, après une série de quinze représentations, il n'arrivait toujours pas à trouver. « Parce que j'aime à changer tous les soirs », me dit-il en prenant une gauloise, qu'il commença à griller d'un air absent. J'avais des fourmis dans une jambe, et je faillis me casser la figure en m'asseyant sur la panière à costumes. Il se lava les mains au lavabo, en continuant de fumer, ce qui le fit tousser. « Dany, prends ma cigarette, s'il te plaît. » Ce que je fis.

Il essuyait ses mains debout, le visage penché en direction du miroir qui décidément, aujourd'hui, le trahissait. Moi, j'avais toujours sa cigarette dans les doigts. J'avais une impression d'homme. La fumée piquait un peu mes yeux, mais je ne faisais rien pour l'écarter de moi. J'essayais, au contraire, d'inhaler le parfum âcre qui s'élevait jusqu'à mon visage, tout en faisant tourner sous mes doigts les petites rondeurs de la cigarette qui se consumait presque toute seule. Mon père, en s'habillant, vit la cendre tomber de ma main, se souvint, me reprit le mégot et, avant de l'écraser, tira une dernière bouffée.

« Dix minutes avant le début du spectacle. Dix minutes ! » annonça le régisseur. Alors mon père, déterminé, questionna une dernière fois le miroir. Il prit le tube Leichner, appuya la pâte rouge au beau milieu de ses lèvres fermées, et sa bouche sembla un instant pareille à un cul de poule. Il parut satisfait. Il prit sa canne et son chapeau et me demanda si j'irais dans la salle. Comme je ne savais pas, je lui dis que je ne savais pas.

Je l'embrassai sur ses deux joues, en prenant soin de ne pas abîmer son maquillage. « À tout à l'heure ! » me lança-t-il joyeusement.

Par le retour du haut-parleur, j'entendais,

mêlés, la rumeur du public et les cors qui s'accordaient. Pour ne pas rester seul, je décidai de monter voir ma mère, car les femmes étaient à l'étage supérieur. Le régisseur annonçait : « En scène pour le premier acte ! » Et, pareille à une gigantesque vague, la troupe descendit, joyeuse et colorée. Au détour du corridor, ma mère m'apparut, impériale dans sa robe violette et, avec un grand sourire, elle aussi m'embrassa des yeux.

Orphelin de mon père côté cour et de ma mère côté jardin, je me réfugiai au foyer de la danse, où le piano qui m'était familier me faisait croire que j'étais musicien. Et puis la fatigue, l'ennui, je m'endormis, ma tête creusant un oreiller sur seulement sept notes. Je me réveillai sur un matelas improvisé, le manteau de mon père, alors qu'il se débarbouillait dans sa loge.

Dans l'entrée des artistes, déjà, se formait le premier petit groupe qui serait de la fête, mêlé à un autre petit groupe d'abonnés qui attendaient les vedettes pour faire signer leur programme.

J'avais sommeil, faim, froid et mal à la tête. Les festoyeurs enfin tous réunis, il ne restait qu'à trouver trois places dans une voiture. On en trouva deux. Serré dans une Aronde, je ne pus me rendormir sur les genoux de ma mère qui me promettait un lit et un repas bien chauds.

Nous venions à peine de quitter la ville et nous n'étions pas encore sur une petite route de campagne que, déjà, c'était l'année nouvelle. Alors, celui qui conduisait, sa femme, mes parents, le monsieur qui était avec nous derrière et moi, nous nous souhaitâmes une bonne et heureuse année pleine de travail, d'amour, et surtout, surtout, de santé, car « le pognon cocagne » !

« Bientôt » me répondait mon père chaque fois que je lui demandais : « C'est quand qu'on arrive ? » Le voyage était interminable. Sûr que Georges, le gars qui conduisait, s'était perdu en chemin.

C'était un voyage en noir et blanc, avec une neige qui collait au pare-brise malgré les essuie-glaces, et, de temps à autre, le reflet jaune des phares de la voiture que nous croisions. Après avoir traversé pas mal de petits villages endormis, il me sembla bien que nous arrivions, puisque ma mère dit : « Boudiou ! C'est pas trop tôt. »

En effet nous arrivions. Mais la glorieuse troupe de convives était à l'extérieur de la maison, à battre du pied dans la neige pour lutter contre le froid, en criant à Lulu d'être prudent. Lulu escaladait la gouttière de la maison jusqu'au premier étage pour essayer de forcer la seule fenêtre qui n'avait pas de volet. Lulu n'avait pas pris les clés de la maison… Il cassa un carreau et réussit à pénétrer à l'intérieur, puis on le vit réapparaître sur le perron, acclamé en héros. Une maison de campagne, glacée et humide. Ma mère demanda notre chambre pour faire le lit du petit. Moi, je ne désirais plus ni manger, ni boire, ni rien. Seulement dormir. J'enlevai juste mes chaussures et me fourrai tout habillé sous les draps humides, la couverture et l'édredon. C'était l'année de mes cent ans.

Il a fait l'idiot à la chapelle !

Accroché à mon père, la tête enfouie dans son dos, je sens la chaleur de nos corps par-delà nos manteaux. Le bruit du moteur de la Vespa, le froid qui pique les yeux. Les yeux qui voient la rue telle qu'elle est certains matins d'hiver, blanche et glissante. Puis se ferment. Pas pour dormir, mais pour arrêter l'instant, retourner dans le ventre de son père, garder l'image en soi, comme une référence, un mode d'emploi pour restituer ce sentiment de bonheur. Mais tout défile à l'extérieur, tout avance et tout bouge, les roues de la Vespa sur les pavés brillants, la grande aiguille de l'horloge de l'usine Amora qui frise la demie alors que la petite a empalé le huit. Tout avance et tout bouge, même mon cœur se soulève, tout chahuté par le mélange des odeurs de moutarde et de chocolat qui s'échappent des usines que nous croisons. Et puis, au loin, la menace sombre des hauts murs de Saint-Stanislas.

Non, je n'avais pas rêvé, c'était bien à cette école que nous allions.

Mon père arrêta sa Vespa de l'autre côté de la large rue qui nous séparait de l'entrée. Peut-être pour ne pas me gêner vis-à-vis des autres élèves qui descendaient de grosses voitures presque américaines, ou bien parce qu'il ne voulait pas me voir englouti dans le flot de cette mer noire de curés. Il m'embrassa très fort, ce qui ne me rassura pas du tout, et m'aida à traverser la rue. Lorsque nous nous fîmes un dernier signe de la main, je savais qu'il retournait se coucher. Je l'enviais, mais je ne connaissais pas encore ce sentiment d'abandon que l'on ressent à chaque décision de père. Certes, il dut se recoucher, se blottir dans les bras de ma mère, répondre à ses questions, se faire engueuler de ne pas m'avoir « livré en mains propres ». Peut-être firent-ils l'amour ? Mais se rendormir, je ne crois pas. Les heures durent être longues jusqu'à six heures du soir.

La grille franchie, la rue m'apparaissait comme une rive que l'on quitte. Devant moi, une enfilade de bâtiments sévères, de porches, d'arcades, une chapelle de taille impressionnante et, à droite, encore des bâtiments, plus simples. Puis le parc, dans lequel on aurait pu se perdre.

Je me dirigeai vers l'entrée principale. En chemin, je croisai beaucoup de statues représentant des saints dans des postures inconfortables et même douloureuses. Autour de moi, perdu en haut des marches, s'agitaient beaucoup de figurants en bleu marine.

Mon entrée dans la classe, au côté du « chef curé », que l'on appelait Mon Père, ne fut pas des plus discrètes. Pour les messes basses, ils en connaissaient un rayon. Tout le monde se leva, y compris la maîtresse. Le « chef curé » marmonna quelques mots à l'oreille de la dame, qui était demoiselle. Était-ce un effet de mon imagination, mais il me sembla qu'elle prenait un certain plaisir, éprouvait une certaine délectation à se faire chatouiller l'oreille par le souffle chaud qui s'échappait de la bouche du curé. Toujours est-il qu'elle acquiesça, puis me fixa avec dans le regard une grande bonté, n'excluant pas, toutefois, une bonne dose de commisération. À quoi je répondis par un sourire niais, auquel j'ajoutai une pincée de grande tristesse, afin de l'apitoyer davantage…

Le Père sorti, les enfants se rassirent dans un bruit de pain sec. Une trentaine de paires de petits yeux voraces se léchaient la rétine. La demoiselle me prit par les épaules, m'entraîna sur l'estrade et entama la cérémonie des présentations. J'appris ainsi qu'à leurs yeux, j'étais une sorte de romanichel, dont les parents, braves saltimbanques, avaient oublié, dans leur errance lyrique et insouciante, que les enfants, on les inscrit à l'école avant de les y mettre. Mais saint Stanislas, dans sa grande mansuétude, accueillerait comme il se doit la brebis égarée.

On me plaça au quatrième rang, dans la traverse du milieu, à côté d'un petit gros qui s'appelait Jean-Michel Perlereu. J'ai retrouvé son nom inscrit dans mon carnet rouge, un jour par hasard, en fouillant chez mes parents dans des cartons à chaussures. J'en étais tout ému, presque retourné, avec le sentiment de revenir dans un monde de lilliputiens. Comme j'avais envie de le reconnaître le nain qui avait écrit à l'encre bleue : « Jeudi voir Perlereu. » En plus, Perlereu, ça ne me rappela rien sur le coup, puisqu'à l'époque on le surnommait Gras-Double.

Il avait dix ans, et fut le premier à côté duquel je m'assis ce jour-là à Saint-Stanislas.

L'accueil fut plutôt froid. En tant que gros, il s'arrogeait le droit d'occuper deux tiroirs. Mais il semblait être si « confortable » dans ses pull-overs ! Nous devions tous avoir des voix de castrat à cet âge, mais chez Gras-Double, la petite note de fausset qui s'échappait de cette grosse bouche était inimaginable. Et je me demandais comment cela était possible, alors qu'il était si gros, que l'os de son coude soit si aigu, au point de déchirer ses manches. Un nouveau couple mythique venait de naître : les Laurel et Hardy de la sainte Église apostolique et romaine. Nous serions amis.

Puis vint l'heure de la récréation. Pourquoi me

suis-je retrouvé dans cette chapelle ? Quelque chose m'intriguait, m'aspirait même. J'y entraînai Gras-Double et deux ou trois autres gamins. Parmi eux Tête-de-Vieux, dont la suffisance arrogante et les sourires en coin me blessaient. Tout de suite, nous nous sommes déplu.

J'entrai comme un barbare suivi de sa horde de Wisigoths. Un sentiment violent me poussait à la profanation. La chapelle était lumineuse comme à l'intérieur du squelette de la baleine du Musée océanographique de Monaco. Face à moi, le soleil jaune, filtré par les vitraux, formait une tache de sang, et faisait rougir le Christ sur sa croix. Et là, psalmodiant sans la moindre retenue, un curé se déversait littéralement aux pieds de la statue de la Vierge Marie. S'agenouillant en écartant les bras, il se couchait sur les dalles pour embrasser ses pieds, se relevait, se recouchait… Ce n'était plus une prière, mais une séance d'aérobic !

Alors, peut-être pour faire le malin – si l'on peut dire au cœur d'une chapelle –, ou bien parce que l'intensité du lieu ne collait pas avec l'idée que je me faisais d'un usage plus modéré de l'expression de la foi, je me mis à imiter le Père. Dans son dos. Et quand il fut parti, ce fut pire : je me roulai aux socles de toutes les statues, je me déchaînai. Plus les autres riaient, plus je rampais. J'inventais des prières, de faux chants religieux, des grimaces de gargouille, je m'aspergeais d'eau bénite. Et je recevais leurs rires, en écho à mes pitreries, comme un cadeau d'amitié. Un cadeau de bienvenue.

Mais je me trompais. Comme les chimpanzés que les forains exhibent, j'étais l'incarnation de leurs mauvaises pensées. Et il faudrait un responsable pour soulager leur conscience, pour que leurs rires ne soient plus coupables.

« Il a fait l'idiot à la chapelle ! », entonna Tête-de-Vieux dès notre retour dans la cour. « Il a fait l'idiot à la chapelle ! », répéta-t-il un peu plus fort, avec un ton de reproche. Mais la cloche annonçant la fin de la récré, ses paroles se perdirent dans les derniers rires étranglés et le claquement de nos godasses sur les dalles. Pendant que nous rentrions dans la classe, j'entendis Tête-de-Vieux chuchoter, cette fois sur le ton de la confidence amusée : « Il a fait l'idiot à la chapelle ! » Estimant que j'avais remporté suffisamment de succès, je pensais que le bouche à oreille pouvait s'arrêter là. Il n'en fut rien. À la cantine, Tête-de-Vieux, à qui décidément une grande carrière d'homme de communication devrait sans doute s'ouvrir, continua de me faire de la réclame. « Il a fait l'idiot à la chapelle ! » devenait un air célèbre.

Mais je sentais comme une menace derrière tous ces yeux de coucous. Comment me détacher de ces regards qui m'accusaient, de ce malaise qui me serrait le ventre, de cette peur d'un danger imminent qui allait surgir de ce magma de petites âmes sournoises ?

Réellement effrayé par cette rumeur, je prenais soudain conscience de mon inconduite à la chapelle par l'ampleur de l'indignation qu'elle provoquait. Je m'étais rendu coupable plus par besoin de plaire que par jeu de la transgression impie.

Les mains moites et glacées, j'avançais au milieu de mes petits juges, repus de nouilles mais assoiffés de justice céleste. Aucun châtiment ne serait assez fort pour ôter cette chape de culpabilité qui m'enserrait, et dont je n'ai jamais pu, même encore aujourd'hui, me défaire tout à fait.

Lorsqu'à la fin de la journée, j'aperçus la tête de mon père sur le seuil du collège, j'eus l'impression que mon cauchemar prenait fin. Tout en lui me rassura : ses lèvres sur mes joues, son sourire confiant, la douceur de son regard, sa main qui m'entraînait de l'autre côté de la rue, comme si cette rumeur puante qui m'avait étouffé tout le jour s'était éteinte par sa seule présence.

Le soir, à table, je fis un rapport idyllique de cette première journée : je racontai une partie de l'épisode de la chapelle, le curé démonstratif, impudique, poussant même mes parents à prendre mon parti et à dire que l'on pouvait prier avec plus de simplicité. Dieu, dit ma mère, se contente de moins à condition que l'on soit sincère. Mon grand-père se mit alors en colère contre le faste et les pompes de l'Église, lui qui doutait depuis toujours de la sincérité, voire de l'honnêteté des curés. Ma mère tentait d'enrayer cette hémorragie anticléricale qui risquait de me décourager après ce tout premier jour d'école.

J'avais préparé le terrain, mais il m'était maintenant impossible d'avouer, même sous une forme dégagée, ce qui allait m'empêcher de dormir sereinement pendant de longues nuits.

On débarrassa la table. Ma grand-mère faisait la vaisselle, mon père écoutait les informations à la radio en fumant une gitane, mon grand-père grillait une gauloise bleue en écrivant à la mairie d'Avignon pour demander une procuration, afin de pouvoir voter par correspondance. Un référendum se préparait. Ma mère surveillait mes devoirs.

La pendule *grailla* sept heures. À tour de rôle, parents et grands-parents allèrent se laver les dents à l'évier de la cuisine, pour reparaître, après quelques instants, parés et pomponnés, les femmes dans leur manteau d'opossum, les hommes dans leur manteau de tweed à chevrons, le chapeau élégamment vissé sur leur tête bouclée, l'écharpe autour du cou pour protéger la voix et assurer le style. C'était toujours une joie pour eux, en ce temps-là, de partir au théâtre, et je les entendais parler et rire dans le couloir qui les éloignait de moi.

Une fois seul, je pus enfin abandonner mon âme aux tourments qui l'envahissaient : demain, à l'école, tout allait recommencer, rien ne les apaiserait. Je m'étais trompé en voulant les amuser pour me faire accepter ; ils exigeraient un autre tribut. Je réalisais que non seulement j'aurais à justifier devant eux l'interprétation de mes danses païennes, mais aussi que Dieu n'allait pas me lâcher si facilement, puisqu'il y avait apparemment eu sacrilège. Je le savais vengeur dans l'Ancien Testament, et donc capable de laisser choir sur la tête de ses brebis galeuses pas mal de calamités…

Je priai ce soir-là tout ce que je savais de « Je vous salue Marie » pour dissiper mon angoisse, et fis serment à toute la Sainte Famille du ciel de renoncer à ce qui pourrait ressembler, de près ou de loin, à l'ombre d'une mauvaise pensée les concernant. Si vraiment ils avaient besoin de sacrifice, je m'offrais, mais qu'ils épargnent mes parents qui n'avaient rien à voir dans tout ça !

Le corps en nage dans mon pyjama en pilou, je sombrai dans un sommeil fébrile.

Le matin me trouva serein, le nez écrasé, la tête sous l'oreiller, avec le vague souvenir d'une nuit agitée qu'un mauvais rêve avait habitée. L'âme et le corps endoloris. J'aurais aimé, ce matin-là, parler à mes parents, leur dire ma faute ; pas pour qu'ils m'approuvent, mais pour la partager avec eux. C'était trop lourd à porter.

Sur le chemin de l'école, plus que jamais accroché à mon père, j'arrivais à me raisonner, et même plus : je m'étais convaincu que rien de tout cela n'avait existé. J'arrachai la page de cette première journée comme un mauvais brouillon, et si l'on recommençait à me persécuter, je nierais tout. C'est donc blindé comme la division Panzer que je franchis la porte du collège.

Je n'avais pas fait trois pas dans les feuilles de marronniers qu'une violente douleur me saisit l'oreille. Une otite ? Non, la main du « chef curé », comme les pinces d'une puissante tenaille, me souhaitait la bienvenue. À cet instant, il était clair que la trappe que je sentais s'ouvrir sous mes petites jambes de flanelle m'aspirait en enfer. Ce fut le purgatoire.

– Regardez-moi quand je vous parle !

Où regarder ? Les fenêtres de son bureau donnaient sur une grande allée, dont les branches projetaient des ombres aux formes inquiétantes sur le visage du curé. Tout, sur ce visage, me renvoyait à ma culpabilité. Qu'il me punisse et qu'on n'en parle plus ! Après tant de terreur, la révolte sourdait.

Je dus aller jusqu'à refaire devant lui, à la chapelle, la reconstitution – légèrement édulcorée – de mon forfait. Je réussis à le convaincre qu'il ne s'agissait de ma part d'aucune moquerie, et encore moins de sacrilège, mais d'un acte de pure inspiration religieuse, persuadé que la foi s'exprimait de la sorte, puisque sous mes yeux un prêtre me montrait le chemin.

Je dus demander longuement pardon et prier beaucoup. Je ne m'en tirais pas trop mal. Mais ils m'auraient à l'œil, ma réputation était faite, et le message passé : le loup était dans la bergerie.

La quarantaine fut de mise, excepté Gras-Double qui, en tant que gros, trouva en moi un compagnon d'exclusion. Ensemble, nous traînâmes notre exil de préau en réfectoire, avec l'espoir de parvenir un jour à réintégrer le groupe.

Pito

– Tu te souviens de pépé Gaston ?

Je me souvenais de l'époque à laquelle mon affection pour lui se rattachait. Comme elle devinait ma pensée, ma mère me dit :

– Tu étais trop petit, tu n'as pas eu le temps de bien le connaître.

Non. J'avais eu le temps de l'aimer, mais je ne le savais pas encore.

Je me souvenais d'une lettre de pépé, dans laquelle il avait ajouté, à la fin, un dessin de l'épée de bois qu'il était en train de me fabriquer. Il n'avait pas dessiné une épée classique mais, tout imprégné qu'il était de ma naissance en Algérie, il m'avait confectionné un cimeterre de guerrier oriental.

Longtemps, ce sabre à la courbe sévère m'avait

impressionné. Jusqu'à ce que je le voie dans sa puérile réalité. Je n'ai jamais pu jouer avec, son exotisme ne cadrant pas vraiment avec la normalité de nos guerres d'enfants. Nous étions chevaliers, Robin des Bois, cow-boys ou Indiens, mais jamais Ottomans… À la télévision, dans le café de Maumont, Hopalong Cassidy était notre héros. Pour ne pas faire de peine à mon grand-père, je partais, lors de nos balades joyeuses, encombré du sabre du Grand Turc, que je finis par oublier un jour dans la garrigue rocailleuse autour de l'usine désaffectée qui servait de repaire à nos guerres secrètes. Le plus souvent, une branche de bois vert bien souple suffisait à satisfaire notre imagination. Parfois, la simple écorce d'un chêne nous entraînait vers des règlements de comptes assez définitifs. Il arrivait même que, l'index et le médius virilement pointés en direction de la tête des Apaches, un redoutable « brrreussch » projetât des balles meurtrières qui leur traversaient le tympan.

Mais le cimeterre de mon pépé était vraiment d'un réalisme barbare trop exotique. Et puis surtout, personne ne voulait jamais faire l'Arabe…

Chez moi, le grand-père siestait et sa femme, madame Gabriel, usinait en cuisine. Ma chambre, avec son petit cosy de chêne sombre, était tapissée d'un papier peint bleu marine avec, sur une infinité de petits carreaux à fond jaune, des abeilles ou des mouches dorées que je tentais patiemment de compter avant de m'endormir. Invariablement, dès que le sommeil me prenait, mon grand-père qui dormait à côté me criait :

– Dany, tu dors ?

– Non, pépé, je ne dors pas.

Lorsque le jeu des « tu dors ? » nous avait bien bercés, que le vacarme des cigales faisait place au silence, et que je sentais monter, de sa chambre, le ronflement régulier de son sommeil, j'aimais lui crier que je dormais :

– Pépé, pépé, ça y est je dors !

Un jour qu'à l'ombre du figuier des Pradier nous traînions notre ennui accompagné de son petit cortège d'incertitudes, l'idée de construire une cabane dans le creux de l'arbre devint impérative.

Après avoir apporté notre matériel de construction, nous l'avions exposé au pied de l'arbre comme une prise d'armes à l'ennemi, fiers de notre butin. Pradier, dont le père avait une entreprise de transports, ordonna les matériaux par genres : les cartons d'un côté, les caisses à fruits de l'autre, et quatre solides casiers à bouteilles pour les fondations. Les filles – Corinne en tête, qui ne portait jamais de culotte et dont le père était agent de police – pliaient les chiffons, et le drap que mon pépé m'avait prêté pendant son sommeil. Maurice qui, comme à son habitude, pleurnichait entre nos pattes, avec son éternelle morve au nez, se prenait toujours au passage quelques claques sournoises. On ne le supportait pas, mais comme c'était le frère de Corinne, on faisait semblant de le trouver intéressant. Biancone, dont le père était entrepreneur en maçonnerie, paraissait en connaître un rayon sur la construction des cabanes. Moi aussi, car dans le jardin de mon pépé, sur la plus grosse branche de son figuier, j'avais fait mon nid, protégé de la pluie et du soleil par ses feuilles parfumées et colorées. Je restais assis là, sur une petite planche solidement fixée avec du fil de fer, les jambes dans le vide, à regarder les melons du voisin sortir par grappes de la terre. Mais en observant Biancone clouer ses quatre planches, je compris que mon savoir se limitait au plaisir des yeux.

Mon cousin Gérard était un enfant trapu, replet, aux jambes courtes et au torse puissant. Son meilleur ami, Jean-Pierre Maumont, longiligne et chafouin, me faisait souvent sentir que je serais de trop dans leurs escapades aventureuses.

La première fois, accrochant follement mes basques à leur course rapide, je pédalais loin derrière, craignant qu'ils ne fissent tout pour me semer. Mais j'avais la supériorité opiniâtre du morpion, et je les rattrapai dans une côte assez ingrate pour des tendrons. La descente n'en fut que plus plaisante, jusqu'au moment où le goudron devint un magma pâteux et glissant, s'abandonnant en un sentier rocailleux. Pour en sortir indemne, la ruse consistait à ne pas freiner et à se faufiler entre les pierres tranchantes pour éviter la chute. Après avoir laissé là nos trois vélos pour passer sous une chaîne fixée entre deux blocs de béton, nous nous engageâmes dans de hauts taillis, entre les genêts et les ronces. Nous avancions par ordre d'importance : Gérard le chef, qui écartait les ronces à l'aide d'un bâton, le sous-chef son collègue et moi, qui me baissais souvent pour éviter les retours flexibles des genêts. Enfin, nous gravîmes une petite butte, du haut de laquelle nous apparut, en contrebas, ce qui avait été autrefois une prospère usine de soie.

Dans cette usine, je l'appris plus tard, mon grand-père François et ma grand-mère Titine se virent pour la première fois, se plurent et s'aimèrent.

Au sol, des débris de tuiles et de briques craquaient sous chacun de nos pas. Sous mon tricot de peau, à la place du cœur, battait un tam-tam. Nous franchîmes la barrière sur laquelle les mots « entrée interdite » s'inscrivaient en rouge.

À cet instant, je compris qu'il me faudrait accepter les règles de leur jeu.

J'espérais qu'aucune de mes sandalettes n'écraserait la moindre petite queue de n'importe quelle petite vipère, tout en calculant le temps qu'il me faudrait, une fois mordu, pour rejoindre la pharmacie la plus proche. J'avais beau compter et recompter, d'après le peu que je connaissais de la vie, j'avais toutes les chances d'arriver mort à la pharmacie. Je regrettais de les avoir suivis. Mais j'étais avec eux, et j'avançais.

Nous pénétrâmes à l'intérieur de l'usine par une fenêtre dont les carreaux étaient brisés et, de l'autre côté, par une autre ouverture, j'aperçus un petit bonhomme sortir de son petit cabanon pour faire sécher du linge sur un fil de pêche.

Les deux autres ne l'avaient pas vu et avançaient à pas de Sioux. J'allais les alerter quand Gérard chuchota sèchement :

– Hé ! Il est là !

Le fils Maumont se jeta à terre derrière une barrique. Gérard s'était allongé à même le sol. Quant à moi, j'hésitais.

– Cache-toi ! ordonna Gérard.

Ce que je fis sans discuter, bien qu'ignorant tout de la terreur qu'exerçaient sur ce pauvre vieux mon cousin Gérard et le fils Maumont.

C'est alors que je les vis sortir d'une musette deux gros pétards rouges. Si gros qu'on aurait cru de la dynamite. Ils les placèrent chacun dans une bouteille vide puis dans un petit bidon d'huile, et coincèrent ensuite les pétards avec deux morceaux de chêne-liège grossièrement découpés, afin de laisser dépasser la mèche. Enfin, Gérard sortit des allumettes de sa poche et, avec d'infinies précautions et beaucoup d'adresse, enflamma les deux mèches. Tels les membres d'un commando bien rodé, chacun jeta son projectile en direction du petit vieux. Le sang qui battait sous mes tempes se retira comme l'eau d'une citerne dont on arrache la bonde. Le bruit des deux explosions résonna sous le plafond entôlé de l'usine.

– Allez, venez, on se tire ! lança le fils Maumont.

Je voyais bien qu'ils se tiraient. Et vite. Mais, de mon cerveau lessivé à mes jambes cotonneuses, plus rien ne répondait.

Le vieux hurlait, courait à son poulailler, où un coq et sa femme semblaient s'affoler. Mais la seconde bouteille, en explosant, s'était fracassée sur la niche d'un chien maigre et peureux qu'une malheureuse corde tenait solidement attaché.

– Voyous ! Voyous ! Assassins ! s'étranglait le vieux en rentrant dans sa cahute, pour en ressortir aussitôt, armé de son fusil. Il tremblait, mais je vis bien qu'il réussit à charger deux cartouches dans la gueule de sa pétoire, avant de courir aux trousses de mon cousin et du fils Maumont. Je les savais plus rapides que le vieux. L'ennui, c'est que, dans leur course fuyarde, ils laisseraient mon vélo là où je l'avais jeté, et que le pépé ne manquerait pas de faire le rapprochement entre le vélo abandonné et le coureur manquant.

Il me tenait. Du moins mon vélo, témoin de ma présence criminelle sur les lieux. Il irait tout droit chez les gendarmes. Et même si je lui échappais, il me faudrait bien dire à mes parents ce qu'était devenue ma bicyclette. Comme je ne pouvais pas l'avoir perdue, je serais obligé d'admettre qu'on me l'avait volée.

Et les gendarmes diraient : « Une bicyclette ? Justement, nous en avons une très jolie, avec un cadre bleu comme la mer, et une pince à linge qui tient un petit morceau de carton pour imiter le bruit d'un moteur. C'est à toi, mon petit garçon ? Viens donc un peu par ici qu'on explique à ton papa et à ta maman ce que tu fais dans la journée pendant qu'ils s'esquintent la santé pour te nourrir et payer tes études. Vous vous rendez compte, messieurs dames, si à neuf ans il fait sauter des pétards à la tête des braves gens, qu'est-ce que ce sera plus tard ? Je n'ose même pas l'imaginer ! »

Liquéfié et tremblant, je restai allongé sur

le ciment de cette usine où mon grand-père et ma grand-mère paternels avaient vaillamment illustré le courage et la dignité de l'ouvrier français.

Je me levai quand même et restai planté là, immobile, n'osant faire un pas, de peur que mes jambes ne me soutiennent pas. Et mon cœur, toujours comme un tambour sous mon tricot de peau. Ma langue, tel un morceau de bois, m'obligeait à saliver pour lui redonner vie, et le froid de mes doigts sur mon pied lorsque je tentai de rajuster ma sandalette (au cas où je devrais courir) me glaça tout entier. Je ne savais plus quelle direction prendre, mais je savais qu'il me fallait décaniller au plus vite de cette usine à papillons. Qu'adviendrait-il si je tombais nez à nez avec le vieux, sa colère et son fusil ? Je sautai sur cet ultime accès de panique pour intimer à mes jambes l'ordre de s'activer. À l'entrée des taillis, je fis une dizaine de mètres, me jetant tête la première sur les griffes et les serres que les ronces tressaient sur ma fuite éperdue. Comme un lapin pris au piège, mon pied buta sur une racine, et je m'écroulai, haletant, le nez dans une motte de terre, à deux doigts d'une fourmilière.

– Fée, bonne fée ma marraine, transforme-moi en fourmi pour deux à trois heures, afin que je disparaisse au regard des hommes, le temps que tout s'apaise.

Mais au moment où je faisais ma requête, une sauterelle happa prestement une colonie de braves travailleuses, qui portaient vaillamment sur leur dos une plume d'oiseau. Pour l'heure, j'étais un lapin dont le cœur faisait trop de bruit. Au sortir des taillis, une dizaine de mètres seulement me séparaient de mon vélo quand le vieux apparut.

Je me glissai au pied d'un chêne-liège en m'écrasant comme une écorce de platane. Il ne décolérait pas. Je retenais mon souffle. Il me fallait pourtant vérifier que ma cachette était sûre, et que je ne me trouvais pas, comme l'autruche, la tête dans le sable et le cul au soleil.

Je levai la tête. En une fraction de seconde, je reconnus le vieux : c'était Pito, celui qui répa-

rait les chaises et vendait des peaux de lapins. Il passait de temps à autre devant chez nous. On le voyait aussi le soir, à l'heure de l'apéritif, dans les bistrots alentour. D'habitude, il portait une casquette sur une tête renfrognée et une barbe grise, brûlée à la moustache à cause de la cigarette. Là, il allait tête nue, son crâne chauve et blanc luisant sous le soleil. Et sous ce même soleil luisait aussi, à deux pas de ses basques, le cadre de ma bicyclette…

Pito était passé tout près de mon chêne, plus furieux que curieux, en protégeant ses yeux du soleil. Son parfum de chèvre de longue transhumance vola au-dessus de ma tête avant de s'engouffrer comme un mauvais courant d'air dans mes narines prises au piège. J'attendis, jusqu'à ce que j'entende s'ouvrir la porte de la barrière qui entourait sa cabane. Pour se protéger, Pito avait suspendu autour du grillage des casseroles et des bouteilles qui tintinnabulaient au moindre coup de vent. Profitant du vacarme, je me levai et empoignai mon vélo comme on embrasse un ami qui vient de vous sauver de la noyade. Enfin, je retrouvai le goudron de la liberté en passant devant l'usine à gaz où s'abritait le jardin de mon cousin.

Quand j'arrivai devant la porte, son vélo et celui du fils Maumont étaient garés en désordre. Je posai le mien avec la même hâte, avec la seule volonté de continuer à les imiter.

Devant le poulailler, assis autour d'une table ronde en ciment, sur laquelle ma tante avait incrusté des coquillages peints, mon cousin et le fils Maumont, abattus et penauds, regardaient leurs sandales. Un étonnement inquiet parut leur exploser à la figure lorsque je les appelai.

– Qu'est-ce qu'il t'est arrivé ? questionna Gérard, affolé.

J'allais lui répondre quand le fils Maumont me dit à son tour :

– T'as mal ?

– Mal ?

Je commençai à m'inspecter et je vis mes bras et mes jambes griffés par les ronces. Je saignais d'une plaie profonde au genou et ma chemisette déchirée par une branche laissait apparaître un soupçon de peau lacérée à hauteur de ma poitrine.

– Il t'a frappé sur la figure ? me demanda le fils Maumont.

Je fis glisser ma main sur ma joue droite et sentis la poisseuse onctuosité du sang coagulé. Je me voyais mal en train de leur avouer que ces magnifiques blessures n'étaient dues qu'à ma conduite de ver de terre rampant à travers la garrigue. Alors je me lançai :

– Pito m'a torturé !

– Comment ça ? dit Gérard.

– Torturé ! répétai-je en m'énervant sur un mode douloureux qui n'admettait aucune suspicion. Torturé, torturé ! hurlai-je. Il m'a pointé avec son fusil. Mon pied était coincé entre deux grosses pierres. J'ai voulu me dégager, alors il a tiré dans ma direction. Je me suis couché par terre, et j'ai eu juste le temps d'éviter la balle dans ma tête, mais elle a quand même éraflé ma joue !

Gérard et le fils Maumont n'en croyaient pas leurs oreilles. Moi, tout gonflé de l'importance que je m'étais donnée, j'étais incapable d'arrêter le flot de mensonges qui me submergeait.

– Il voulait savoir qui était avec moi. Je lui ai dit : « Y a personne avec moi !

« – Ah oui ? Et les deux que j'ai poursuivis, c'étaient des lapins, hein, c'étaient des lapins ? D'ailleurs, j'en ai reconnu un. Le blond, là, c'était pas le fils Mariani ?

« – Ben non, c'est pas le fils Mariani, j'ai dit. Je le connais le fils Mariani, vu que c'est mon cousin. Si c'était lui, je le saurais.

« – Menteur ! », il m'a dit. Il a pris la grosse ficelle pour attacher son chien, et il m'a filé une sacrée rouste. Il tapait, partout. Il a fallu que je dise un nom pour qu'il arrête de frapper.

– … !

– T'as pas dit Jean-Pierre ? T'as pas dit Jean-Pierre ? supplia Jean-Pierre Maumont.

– Non, j'ai dit : Biancone et Pradier.

– T'as dit eux ? Mais c'est terrible, terrible ! Pito va aller trouver leurs parents et...

– De toute façon il sait qui je suis. Il m'a dit qu'il connaissait pépé et qu'il irait lui demander des sous pour réparer les carreaux de sa baraque, et qu'il irait chez les gendarmes pour porter plainte, parce que le chien, c'est une chienne, et qu'elle attend des petits et que la bombe l'a contrariée, et que les petits ne pourront plus sortir, et qu'ils vont tous mourir. Et aussi que c'était sa seule famille puisque les lapins c'est pour manger, et qu'il faudrait payer encore et encore...

– Qu'est-ce que tu vas faire ? demanda Gérard.

– Si t'as peur que je te dénonce, sois tranquille, va ! Je jure que je dirai rien.

Gérard me prit alors par le cou et, en me regardant droit dans les yeux, me dit :

– C'est pas parce que t'es mon cousin, mais maintenant, en plus, tu es mon meilleur ami.

– Ah oui, ah ça oui, moi aussi, tu es mon meilleur ami ! surenchérit le fils Maumont.

Ému, Gérard voulut sceller un pacte. Comme les quatre mousquetaires, nous allions devenir « les Trois Vagabonds ». Pourquoi « vagabonds » ? Je n'ai jamais bien su où il était allé pêcher ce nom, qui sonnait fort. Pas seulement à cause de l'accent, non, mais dans la façon qu'il avait de glisser sur le *va*, d'appuyer sur le *ga*, et de rebondir sur le *bon*, pour le laisser rouler dans les entrailles de la terre. Il resterait à tout jamais un lien indéfectible que seul Lucifer pourrait défaire, et encore.

– Oui, d'accord ! ai-je répondu fièrement à l'inestimable proposition qui me faisait accéder au rang cent fois désiré de « meilleur ami » de mon cousin Gérard, dont j'admirais la force, le calme, la franchise et le rire. Ainsi que la rage à mordre dans les tranches de pain.

Pour fêter l'événement, le fils Maumont nous invita dans le café de son père. Monsieur Maumont, qui faisait un 421 dans le coin de son bar, dut interrompre la partie pour nous servir trois sirops d'orgeat que nous bûmes avidement dans des petits verres à pastis. Notre soif n'étant pas étanchée pour autant, nous en redemandâmes poliment trois autres. D'un mouvement de tête, le père Maumont nous indiqua la direction de la carafe d'eau du bout de son menton, nous signifiant ainsi que la fête était finie.

On ne retourna plus du côté de chez Pito pendant un long moment, mais Gérard et le fils Maumont demandaient souvent à Biancone et Pradier, qui n'y comprenaient rien, si Pito était passé chez eux…

Et puis, un jour de rien, à l'heure béate du changement de rythme, entre la sieste et le début d'une petite activité d'horticulteur, qui me faisait tenir le panier tandis que mon pépé faisait la cueillette de fleurs de tilleul pour la tisane, la clochette de la grille d'entrée tinta. Du haut de son échelle, coincée adroitement entre deux branches, mon grand-père tourna la tête pour voir qui pouvait bien en cet instant sacré venir lui « casser les couilles ».

– Qui est-ce qui peut venir à cette heure pour me casser les couilles ?

Sur la pointe des pieds, je filai jusqu'à la porte. Un tout petit pressentiment, léger comme les pattes d'un lézard, sensible sur la moelle de ceux qui ont toujours un petit quelque chose à se reprocher, courut le long de mon échine. En arrivant au bout de la petite allée, j'allai me planquer derrière le figuier. À la vue de la première patte de lapin qui pendait le long du guidon, je sus que Pito était là. Il ne m'avait pas vu, mais il avait senti que quelque chose remuait à travers les salades.

– C'est Pito, monsieur Castellan, vous pouvez ouvrir ?

Je courus vers mon pépé pour lui dire : « Pito. » Pendant que j'arrivais au pied du tilleul, mon grand-père descendait de son échelle, agile comme une grosse mangouste, mais avec toute la prudence d'un retraité de la Société nationale des chemins de fer français.

– C'est Pito, pépé !

– Je sais, je l'ai vu, répondit-il en épongeant sa nuque tout autour de sa casquette avec un mouchoir à carreaux blancs et rouges.

Sur ses petites jambes bien droites, il avança,

tranquille propriétaire de sa bonne conscience, à la rencontre de Pito, qui allait nous déshonorer, Gérard, Maumont et moi, et raconter nos crimes.

Le portillon grinça sur ses gonds et fit doucement sonner la clochette, puis leurs voix me parvinrent, à peine assourdies par le vent qui jouait dans les feuilles.

– *Oh, Pito ! Qué boun vent t'amesne à l'oustaou ?*

Je voulais filer de la maison, mais l'entrée principale était gardée par Pito et mon pépé. Derrière la maison, la Sorgue coulait, grasse depuis les derniers orages, empêchant toute fuite. Alors, maîtrisant ma panique, je tentai un retour digne et repenti.

– *Coquin di sort ! Coquin di boun Dieu !*

Mon grand-père tonnait, et sa voix de ténor résonnait de colère. Il levait ses petits bras au ciel en serrant les poings, ce qui mit fin chez moi à toute velléité de reddition.

La discussion devenait de plus en plus âpre, le ton montait quand, par-dessus les branchages, j'entendis le mot *cadière*.

Sauvé ! Le peu de patois provençal que je

connaissais suffit à me rassurer : ils parlaient de chaises à rempailler. Le prix proposé par Pito à mon grand-père lui semblant exorbitant, il l'envoya promener.

Ce jour-là, je compris que j'allais pouvoir croiser Pito sans trembler, tout en continuant d'exercer ma pression sur Gérard et son collègue. J'allais enfin retrouver la quiétude de mes siestes.

– Ça y est, pépé, je dors !

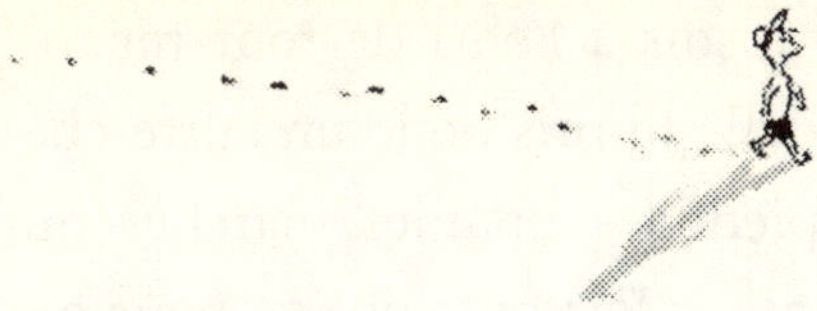

Gaston

C'était à Avignon, un matin vers dix heures. La veille, on m'avait fait dormir chez mes grands-parents paternels, où j'avais saisi quelques paroles de grandes personnes qui m'avaient mis la puce à l'oreille. Aussi, quand vers neuf heures et demie mes grands-parents sortirent, vêtus de leurs habits du dimanche, je fis mine de me rendormir dans mon canapé-lit. Dès que j'entendis la porte de la cuisine se refermer, je sautai de mon lit et m'habillai de toutes mes forces pour faire vite. Deux minutes après, j'étais dans la rue. Je savais que la messe aurait lieu à l'église Saint-Agricol. Ils avaient probablement pris le chemin le plus direct, en remontant la rue des Marchands. En traversant la place de l'Horloge, une rue contourne l'église et mène à son parvis.

Il fallait que je sois à l'abri de tout regard, familier et familial. Je pris donc un autre chemin jusqu'au pied des grandes marches qui montaient à l'église. Parcours obligé pour qui vient en voiture, car celui emprunté par mes grands-parents était étroit et sinueux.

Je me calai entre une Dauphine et une Aronde, le cul sur le trottoir. Je ne restai pas longtemps assis. Les cantonniers avaient ouvert les vannes, et l'eau du caniveau venait de mouiller mes sandalettes. En me levant, tout en époussetant le fond de mon short, je surveillai mes grands-parents qui discutaient avec d'autres, comme eux en avance. Je connaissais beaucoup de ces visages et, de loin, leurs voix fortes m'étaient familières. Je ne saisissais pas le sens de leurs paroles mais j'entendais, comme une musique, la voix rauque des hommes, que la fumée et le pastis altèrent malgré la couleur des accents de chez nous.

Les marches de Saint-Agricol ne luisaient plus sous le soleil déjà chaud de cette moitié de matinée de juin (on prévoyait un été terrible), tant le monde affluait. Lorsque le cantonnier eut balayé mon coin de caniveau, j'eus envie de reprendre ma place entre les deux voitures, mais l'heure des commissions avait sonné dans cette rue trop commerçante où l'on enterrait mon premier pépé.

Je devais trouver un autre poste d'observation. J'arpentai le trottoir, surveillant régulièrement dans le reflet des vitrines ce qui se passait de l'autre côté de la rue.

– Eh bé, y a un brave monde ! Et on enterre qui ?

« Mon pépé, grosse connasse ! » répondis-je en moi-même.

– Eh je sais pas, celui-là je le connais pas, répondit le marchand de légumes. Et qu'est-ce que je vous mets aujourd'hui, Rirette ? Je vous mets un peu de blettes ?

– Oui, donne-moi des blettes. C'est pénible à préparer mais mon mari me les mange bien.

Et comme j'attendais, planqué derrière ses légumes, le marchand me demanda ce qui me ferait plaisir.

– Et toi, petit, qu'est-ce qui te ferait plaisir ?

Qu'est-ce qui m'aurait fait plaisir, monsieur ? Ce qui m'aurait fait plaisir, c'est qu'au moment où vous fourguiez vos côtes de blettes, je puisse aller me jeter dans les bras de ma mère, qui descendait du corbillard, et lui arracher la flèche empoisonnée qui les faisait, elle et ses sœurs, se tordre de douleur.

– Alors petit, qu'est-ce qui te ferait plaisir ?

Je savais pas, monsieur. J'attendais mon pépé.

– Et tes melons, ils sont comment tes melons ? continua la dame.

Puis, du corbillard, on sortit le cercueil. Lourd, massif, en beau chêne clair. De la belle ouvrage. Je n'eus que le temps d'apercevoir les poignées de derrière avant que des mains expertes ne se les approprient.

– Celui-là, il est un peu madur, reprit-elle en reposant un melon.

– Tiens, Rirette, celui-là, je te le garantis.

Le cercueil passa devant les sœurs qui étouffèrent un sanglot. Mon second pépé descendit à la rencontre de ces trois deuils emmêlés et soutint fermement la plus jeune des trois que le chagrin emportait. Elles ne pouvaient trouver la force de se mouvoir que dans la fusion de leurs membres noués. Bientôt, je ne vis plus que leurs dos, leurs épaules que les sanglots agitaient, et leurs têtes qui se rejoignaient.

– Non, parce que la dernière fois, il avait aucun goût ton melon. Une vraie courge !

Puis, derrière, devant et autour d'elles trois, tant de visages qui résument une vie. Tous les gens du quartier étaient venus.

Monsieur Fousson et sa femme, avec qui nous partagions un mur. Mais aussi ceux de la grande maison d'en face, qui était autrefois une petite entreprise de ferronnerie. Il était là, le ferronnier, tout étonné que ce ne soit pas encore son tour d'être dans la boîte, tant l'ennui pesait sur sa retraite. Il était là avec sa femme et deux de ses garçons. Et peut-être pensait-il à Jojo qui faisait la guerre, là-bas en Algérie… Toute la rue Edmond-Rostand défilait. Monsieur et madame Blanc, dont le fils Jacky sentait toujours le médicament, tant ils le bourraient d'aspirine et de suppositoires.

Les Pradier aussi étaient venus. Dans cet alignement de petites maisons qui constituaient la rue Edmond-Rostand, ils avaient comme voisins directs les Biancone, entrepreneurs de maçonnerie. Les Pradier, eux, étaient camionneurs. Même Maumont avait délaissé son café, seul endroit du quartier où l'on pouvait voir la télé. Et puis madame Gabriel, la veuve de mon pépé, soutenue par ses deux grands fils. Il est vrai que c'est elle qui faisait le plus veuve, à cause de la voilette qui cachait son visage austère.

– Bon, je vais prendre celui-là, mais s'il est pas bon, je te le ramène.

– Ah, écoutez Rirette, je suis pas dedans ! finit par s'énerver le marchand de légumes.

– Tu as raison, je vais prendre des pêches. Et elles sont comment tes pêches ?

Tout le monde ou presque avait rejoint le chœur de l'église, et le bedeau, avant d'en refermer les portes, priait les retardataires de presser la cadence. Les cloches se mirent à sonner.

– En voilà un qui n'aura plus mal aux dents !

conclut Rirette en payant ses blettes, et le melon qu'elle avait finalement acheté.

Le calme, après cette tempête de chagrin, comme une cloche de verre tombée sur ce coin de la ville, me laissait tout encombré de moi-même. Tous les gens que j'aimais étaient à l'intérieur de cette église, et j'étais seul au monde. À mon tour, en gravissant les marches qui menaient au parvis, je fis mon chemin de croix, et une de mes sandalettes glissa sur les marches luisantes.

À l'endroit où je tombai, un creux dans une pierre retenait quelques gouttes de pluie, comme les larmes de ma mère. J'y plongeai les doigts pour me signer le front.

Puis, comme un visiteur ordinaire, je me mis à rêver, accoudé au muret qui surplombait la rue. Je me sentais important. Mais de quelle importance ? Peut-être le fait de les savoir tous enfermés là-dedans me procurait-il le sentiment d'être une sorte de concierge céleste, et de détenir ainsi la clé de mon destin. Ma mère, dans sa volonté de me préserver du malheur en direct, m'avait peut-être appris à être spectateur de la vie et de la mort, et je devenais un touriste du chagrin…

J'avais soif et le soleil était monté si haut que plus une seule ombre ne se dessinait dans la rue. Lorsque les grandes portes de l'église s'ouvrirent, je courus dans la ruelle par laquelle mes grands-parents étaient arrivés. Je ne regagnai pas mon poste d'observation, mais pris la direction du cimetière. En m'éloignant, j'entendis longtemps les cloches que l'on sonnait pour mon pépé. Et c'est seulement au niveau de la caserne des pompiers que je recommençai à m'entendre respirer.

Le hasard ou l'habitude me firent passer devant le café que mon grand-père tenait pendant la guerre, avec sa femme, ma grand-mère que je n'ai jamais connue. À l'époque du café, ma mère était une petite fille comme je suis aujourd'hui un petit garçon devant le même café. Elle attend dans une salle au fond du bistro que je vienne la consoler. Mais ce n'est pas dans cet ordre que la vie nous a distingués.

Au bout de la rue, la porte des remparts s'ouvre sur une place abritée de platanes, où mon pépé aimait à boire le pastis et à jouer aux boules quand il était en forme. Moi aussi je l'aime, cette place, à cause des fêtes foraines de l'été.

Je revis passer les mouchoirs, les nez rouges, les yeux embués et les costumes sombres. Et j'entendis les pas calfeutrés des hommes, malgré les fers de leurs souliers, et les talons des femmes qui s'usaient à marcher.

Je n'avais plus peur d'être vu ; seulement honte d'avoir surpris le chagrin des grands. Quand ils eurent tous tourné à gauche au bout de la place, en direction du cimetière, je décidai d'arrêter là mon escorte, et les laissai entre eux accomplir la dernière besogne. Je rentrai à la maison de mon pépé.

Dans sa chambre, sur une chaise, je vis que l'on avait oublié de lui mettre sa casquette. Mais on n'en portait peut-être pas là où il allait ? Alors, en pressant fort mon nez contre l'étoffe, je respirai l'odeur de mon pépé.

Mireille

Mireille. Comme dit la chanson, nous n'avions pas trente ans à nous deux. Mireille me plaisait, d'abord parce qu'elle s'appelait Mireille. Comme mirabelle, à cause de la confiture, et aussi parce que son prénom rimait avec soleil. Et puis, tout en elle était doux, rond et sucré. Ses épaules, ses yeux, la paume de ses mains, et même son front, dont une large frange noire tentait d'estomper la rotondité. Sa bouche, c'était le cœur que les Pierrot Gourmand des confiseurs envoyaient à la lune pour prouver leur amour. Son nez, celui des lunes quand elles sont demies. Ses joues, des pommes d'amour, rouges, cirées et sucrées, j'avais tout le temps envie de les sucer. Mireille m'avait rendu gourmand, moi qui ne l'étais guère. Son papa était pâtissier, sa maman, pâtissière et caissière.

Tous les dimanches après la messe, Mireille, dont je tenais la main (mais qui portait des gants), sa petite sœur et moi, nous nous rendions à la pâtisserie par un chemin bien trop court malgré les ruses que l'amour, à douze ans, commence à aiguiser. À l'approche de la boutique, nous nous lâchions la main. Mais je sentais encore la chaleur de ses doigts à travers les mailles de ses gants, bien après qu'elle avait retiré son capuchon bordé de fausse fourrure qui donnait à son visage un air de Masaccio visité par Auguste Renoir. Si j'étais amoureux ? Sans doute. Tandis que nous mangions des gâteaux à la pêche dans l'arrière-boutique, je me demandais déjà quelle bille viendrait faire voler en éclats le bonheur lumineux que me renvoyaient les yeux de Mireille. Et puis je n'y pensais plus, tout au plaisir de son plaisir. Comme autant de petites étoiles aux commissures de ses lèvres, le sucre des gâteaux me donnait envie de lui lécher la figure tout entière. Mais je soupçonnais qu'une telle chose ne devait pas être possible. Pas chrétienne ou à peu près…

En attendant le jeudi, jour de nos retrouvailles

dans la salle du catéchisme, je tentais bien, en rentrant de l'école, de passer devant la boutique de ses parents. Mais Mireille était une petite fille que l'on protégeait beaucoup. Ainsi, lorsque je faisais un détour par *Les Délices d'Alice*, je ne voyais rien, sinon, au premier étage du magasin, la petite fenêtre dont on avait déjà fermé les volets. J'imaginais alors sa petite silhouette, penchée sur ses cahiers, le porte-plume serré entre ses doigts tachés d'encre bleue, et son front, franc et rond, absorbé par des fleuves qui prenaient leur source bien loin de mes soupirs.

J'ai connu Mireille quand l'hiver n'avait pas encore recouvert d'un gros anorak sa coquette rondeur et, franchement, j'avoue que je ne vis pas tout de suite que tout son charme résidait dans l'éclat de ses pupilles. Ses petites jambes, emprisonnées dans des collants de laine, ne laissaient rien deviner de l'onctuosité laiteuse de sa peau. Seuls deux petits poteaux allaient grand train au rythme de ses pas.

Nous rentrions du catéchisme. Elle marchait devant moi, et mon pas, comme un jeu, s'accordait à son pas. Puis, je la dépassai pour aller caresser un cheval arrêté le long du trottoir, attelé à une charrette bondée de bouteilles de lait. Je m'approchai du museau de l'animal et lui passai longuement la main entre les deux oreilles quand le charretier, qui finissait sa livraison, me dit en remontant sur sa carriole : « Alors, entre bêtes on se comprend ? » Je me sentis plus triste qu'humilié. Triste parce que je n'arrivais pas à comprendre ce que la bêtise venait faire dans ce court échange d'amitié. Et humilié, un peu, parce qu'à cet instant précis passait Mireille, et que je ne sus que répondre qui eût pu me rendre moins pitoyable à ses yeux. « Vous savez, monsieur, certaines bêtes valent bien mieux que certaines personnes. » Sa réponse me vengea au-delà de toute espérance. Nous sortions d'un cours de catéchisme, certes, mais tant de sagesse m'émut. C'est à ce moment que s'écrasèrent sur le trottoir mes épaisses lunettes de préjugés sur la beauté des filles. Mireille devenait belle parce qu'elle était bonne. Alors je lui dis mon amour des chevaux, des chats, des chiens, et nous tombâmes d'accord sur la méchanceté du monde.

Durant le trajet, elle apprit que je m'appelais Daniel, que je venais d'une région où le soleil éclaboussait les façades des maisons, et où l'été, la chaleur était telle que l'on ne pouvait sortir de chez soi avant cinq heures de l'après-midi. Elle me dit qu'elle s'appelait Mireille, qu'elle avait une petite sœur, et un petit chat qui s'appelait Chouffi, noir avec une tache blanche sur le ventre. Je lui confiai aussi que c'était la première fois que je parlais avec une personne aussi gentille, et que j'étais content qu'elle soit une fille, parce que je n'avais pas d'amie fille. Les choses de la vie me semblaient aussi simples que cela.

Arrivée à l'angle de la rue Monge, elle me salua d'un petit signe de la main. « Au revoir », me dit-elle en traversant la rue. « Au revoir », répondis-je, les souliers rivés aux pavés du trottoir. Planté là, espérant un regard. Mais Mireille ne fit rien d'autre que d'exécuter le rituel enseigné aux enfants avant de traverser : avec application, elle tourna la tête à droite – ce qui me permit d'apercevoir un petit bout de sa bouche ronde –, puis à gauche, l'étirant un peu vers l'arrière, afin de me faire un dernier sourire, que je lui rendis aussi vite que je pus. Mais elle traversait la rue, accélérant sa marche déséquilibrée par le poids de son cartable. Elle marchait vite et légèrement penchée, et, à deux mains, fit basculer son cartable dans son dos. Je restai là longtemps, immobile, regardant fondre au loin la petite boule d'amour qui déjà me serrait le plexus.

Quand plus rien ne retint mon regard, je restai encore, me reprochant d'avoir manqué de précision dans le choix des questions. N'aurais-je pas dû lui demander la date et le lieu de notre prochain rendez-vous ? Lui dire que j'avais trop parlé de moi ? Et puis aussi, je voulais m'excuser d'avoir pensé qu'elle était grosse. Non, ça, je n'étais pas obligé, dans la mesure où je l'avais seulement pensé. D'ailleurs, avais-je vraiment pensé « grosse » ? Juste un peu poteau du côté des jambes, mais c'était à cause des collants. Peut-être avait-elle aussi pensé de moi des choses désagréables ? Oh ! Je m'emballais comme un cheval piqué par une abeille. Mireille, l'abeille, m'avait piqué là, sur la partie la plus tendre et la plus exposée de mon enfance, au milieu du cœur. Je devais rentrer chez moi, pour goûter, faire mes devoirs, et penser à Mireille...

Dans un mois, ce sera Pâques, et Mireille et moi ferons notre communion privée. Côte à côte, nous défilerons, une bougie à la main. En prenant Jésus dans ma bouche, je dirai aussi que j'épouse Mireille. Nous ferons ainsi d'une pierre deux coups. Elle ne le sait pas encore.

Jeudi, jeudi, je lui parlerai. Demain.

Jeudi, je n'avais pas école, et mon père qui était rentré pour dîner me demanda si je voulais assister à la répétition de *La Fille de madame Angot*. Comme j'avais beaucoup à rêver ce soir-là, je préférai rester à la maison. Après avoir abandonné mon Meccano géant et ma boîte du « Bon Menuisier » (sur le couvercle de laquelle un brave garçon joufflu, vêtu d'une élégante salopette bleue, me regardait, le sourire aux lèvres et la scie à la main ; comme tout semblait facile pour cet homme de l'art !), je m'adonnai à mon autre exercice de prédilection : la lecture de *Cinémonde*. Ce que j'ignorais alors, c'est que j'aurais pu remplacer le visage de Gina Lollobrigida par celui de Mireille, et m'offrir ainsi deux plaisirs en un : Gina pour le sexe et Mireille... pour elle-même. Mais quand on est jeune, ce genre d'économie nous échappe totalement.

Cette nuit-là, je rêvai de Mireille. Elle était à la fenêtre de sa chambre en flammes et je devais la sauver. Des gens au visage menaçant m'empêchaient de lui porter secours.

Mais nous étions jeudi. Je courus jusqu'à la salle paroissiale et, ne voyant pas Mireille, je me mêlai sans conviction à une partie de balle au prisonnier. Enfin elle apparut, telle qu'elle avait régné sur ma semaine de chimères, perchée sur ses dix ans. Je l'avais devinée avant même de l'apercevoir. Mirettes, jolies mirettes, vous me lancez vos fléchettes, trempées dans des algues bleutées venues du paradis ! Tandis qu'à bader ainsi, le noir de mes yeux coulant doucement sur mon gilet, je reçus, en même temps que les fléchettes d'amour, la balle qui me fit prisonnier. Je sus alors que, prisonnier, je le serai de toi, Mireille ! Je t'attendrai à la porte de tous les garages, je t'offrirai toutes les brioches du monde et, s'il le faut, je serai pâtissier.

Nous n'en étions pas là. Mireille s'avançait. « Viens ! » me dit-elle simplement. Je quittai la partie sans la moindre excuse. Elle marchait devant, de son petit pas assuré, pourfendant la foule des enfants qui nous faisaient barrage. J'ignorais où elle m'emmenait, mais j'imaginais le contraire du pire…

Après avoir dépassé le préau et contourné la petite estrade qui servait aux spectacles du patronage, Mireille s'assit sur la troisième marche du perron qui menait au réfectoire. Je choisis de m'y poser aussi, afin de me serrer contre elle. Je sentais trembler sa jambe contre la mienne, à moins que ce ne fût le contraire, tandis que le froid de la pierre commençait à attaquer le velours de mon fond de culotte et à me mordre le derrière. Mais la cuisse chaude de Mireille rendait ma jambe heureuse. Elle m'avait dit : viens. J'étais venu, et je ne souhaitais rien d'autre. Elle inclina sa tête, bonnet et capuchon compris, puis, comme on hisse la grand-voile, leva sur moi l'étoffe de ses yeux. Trop absolue, la profondeur de son regard me glaça un instant. Après ce « mimi » sans la langue, qu'elle posa sur ma joue avec la conscience d'une cigogne déposant son bébé au faîte de la plus belle cheminée, nous avons prolongé autant que possible le silence du miracle. Et puis un mot, de ma bouche, réinventa le bruit. Le charme était rompu. Que savions-nous des sortilèges qui s'étiolent ?

Mais le devoir nous appelle dans la salle paroissiale, où nous rejoignons le flot des futurs anciens jeunes. Cimentés les uns aux autres par la peur de finir en enfer, nous écoutons l'abbé refaire le chemin de croix. Un rallye peu ordinaire que ce chemin de croix ! Beaucoup d'hostilité et de violence pour les tendrons que nous étions.

Nous le plaignions, certes, ce Jésus qui payait pour les péchés des autres, mais l'abbé insistait vraiment sur notre responsabilité, nous imposant de partager cette culpabilité qui le rongeait. Mais moi, je n'y étais pas ! Je n'ai tressé de cou-

ronnes d'épines sur la tête de personne. Étaient-ce vraiment des histoires à raconter à des crânes si fragiles ? Aussi, avec cette bonne santé qui nous caractérisait, lorsque le chant final nous invitait à clamer notre fierté d'être chrétiens, il s'en trouvait toujours un pour affirmer sa fierté d'être crétin. Et nous riions, par nervosité plus que par conviction. Moi, je regardais Mireille, en songeant à mon chemin de croix personnel, qui allait recommencer jusqu'au jeudi suivant.

Mireille était toujours ma préoccupation première, les jeux la seconde. Quant à la découverte de la sexualité, elle ne laissait pas de m'intriguer. Surtout depuis ce jour où j'avais appris que les filles bandaient. Ce fut d'ailleurs l'un des premiers mystères que me révéla Pascal, un copain de billes. Sa sœur elle-même le lui avait confirmé. Fort de cette révélation, je ne rentrai pas directement chez moi ce jour-là. Avec le type dont la sœur bandait, je fis un détour par la fête foraine, face à l'école. En traversant la rue, j'osai une question qui me brûlait les lèvres :

– Excuse-moi d'insister, Pascal, mais j'ai pas très bien compris ce que tu m'as dit tout à l'heure sur les filles qui bandent…

– Qu'est-ce que t'as pas compris ?

– Ben, comment elles font ?

– Avec les seins, pardi !

– Bien sûr, je suis con !

Comme l'image qui me vint alors à l'esprit me parut totalement absurde, je changeai de conversation.

– On va aux autotamponneuses, Pascal ?

– Riche idée ! me répondit-il, par l'une de ses expressions incongrues qui me surprenaient toujours. Tandis que nous marchions en silence, j'avais en tête le buste de sa sœur qui se gonflait et se dégonflait comme un bonhomme Michelin. J'avais une furieuse envie de la connaître, afin qu'elle me montre comment elle s'y prenait. Mais je sentais bien que c'était une requête à ne pas faire.

– Quel âge elle a ta sœur, Pascal ?

– Quatorze, pourquoi ?

– Non, comme ça…

Nous avancions, encombrés de nos cartables. Près des autotamponneuses, un haut-parleur distillait : « Bleu, le ciel de Proven-en-ce, blanc blanc le goéland… » de Marcel Amont. Sans un sou, nous nous contentions de regarder, fous d'envie, ces jeunes gens rusés qui, d'une main habile, conduisaient leur machine et, de l'autre, tripotaient leur voisine. Pas de sous non plus pour voir la femme-léopard, ni même la plus petite et encore moins la plus grosse femme du monde. Je n'osais imaginer comment se soulevait la poitrine de la plus grosse femme du monde quand elle se mettait à bander !

Puis Pascal rentra chez lui de son côté, moi du mien. En passant devant la boutique de

René, je m'arrêtai pour dire bonjour. J'aimais aller dans son laboratoire respirer les odeurs chimiques de ses produits à révéler les images. René était le photographe officiel du théâtre. Le mégot aux lèvres, il se déplaçait comme un cycliste, en danseuse, à cause de sa jambe raide. Parfois, du révélateur au fixateur, tombait une cendre de son mégot. Mais cela n'avait aucune incidence sur le résultat final. Il disait juste « Ah merde ! » en souriant. Quand j'avais plus de temps, je l'aidais à passer les photos dans le gros rouleau métallique qui glaçait le papier. Les photographies apparaissaient alors collées comme des gaufres en dégageant un acide qui faisait pleurer les yeux. Ensuite, pour les clients qui le désiraient, il cisaillait la marge blanche de la photo en dents de scie. C'était la mode. À chaque représentation, il installait son matériel, toujours dans la même loge du théâtre, à l'avant-scène côté cour. Là, il pouvait remuer comme il le désirait avec sa patte folle. Il emmenait toujours avec lui Denise, sa femme, et Janine, sa belle-sœur. Souvent, j'étais admis dans le cercle très chaleureux de cette famille bohème. Dès lors qu'ils s'installaient quelque part, le lieu prenait des allures de camp de nomades. Leur maison, le magasin, et surtout sa voiture, qui était comme un bain moussant. On n'entrait pas dans sa voiture, on y plongeait. Il fallait être rapide pour faire son trou entre les vieux journaux, le chien blanc à poils longs, les sacs des appareils photo, les pieds des appareils, les flashes, les boîtes de pellicules, et les cartons de photos à livrer qu'il ne livrait jamais… Le cuir de sa vieille 203 était déchiré par endroits, comme la capote. J'ai beaucoup voyagé avec lui par la suite, mais je ne me suis jamais tout à fait remis de l'odeur de tabac froid mêlée à celle de l'essence. Je les aimais beaucoup.

J'avais le choix entre deux rues : l'une joyeuse et animée, l'autre plus sombre et parfois menaçante. Je choisis l'autre.

C'est là que m'apparut pour la première fois le désir – je dis bien le désir – sous les traits d'une adorable petite chose, aussi peu dangereuse qu'un poisson exotique, tant que vous ignorez qu'il s'agit d'un piranha. J'aurais dû me méfier de ce je-ne-sais-quoi qui me poussait irrémédiablement vers cette apparition de réverbère.

– Salut ! T'es bien fier. On t'a pas appris à dire bonjour chez les curés ?

– Si, oui. Si, pourquoi ? Bonjour !

(Je dois la connaître, je dois la connaître, pensai-je très vite.)

– C'est à cause de la nuit, je t'avais pas reconnue, lançai-je précipitamment.

– Te fatigue pas à mentir, tu me connais pas.

– Ah bon ? C'est pour ça alors... Mais toi, d'où tu me connais ? dis-je sur le ton suffisant à peine masqué de celui que la reconnaissance flatte.

– Je te vois traîner le soir sous les fenêtres de la fille du pâtissier.

Vexé. J'étais vexé qu'on ait pu surprendre mes intrigues amoureuses, et plus encore que cette petite merdeuse se moque de moi.

– Et alors, ça te regarde ? Mêle-toi de tes oignons !

– Dis, si t'es pas joli, sois poli.

Ne trouvant rien de méchant à répondre, j'avais envie de fuir. Quand, enfin, me vint une insulte, je me mis à bander violemment en imaginant qu'elle ne portait pas de culotte. Reculant d'un pas pour masquer mon trouble, je me coinçai contre le mur. Sans cesser de sourire, elle agrippa le réverbère, fit mine de tourner, et plaqua les paumes de ses mains de chaque côté de mon visage. Puis, doucement, elle replia ses bras jusqu'à ce que nos bouches se frôlent.

Je connaissais la grande roue qui donne le vertige, et cette attraction, basée sur la force centrifuge, qui vous colle aux parois la tête en bas tandis que le plancher se dérobe sous vos pieds. Mais ce manège-là, j'avais envie de le voir tourner longtemps.

Je crus de très longues secondes à un baiser qui n'arriva jamais. Enfin, elle desserra l'étau de son souffle sur moi, me promettant de me montrer quelque chose que je n'avais jamais vu de ma vie.

– Quoi, dis-moi quoi ?

– Tu verras, dit-elle, énigmatique à souhait. Tu verras.

Durant tout ce temps, je n'avais pas lâché mon cartable. Il pendait le long de mon bras gauche comme une main trop grande. Je ne pouvais me défaire de la sangle de désir que cette fille avait nouée autour de ma gorge. Je demandai à Viviane son prénom. Elle me le donna. Puis nous restâmes un instant silencieux, sous le halo solennel que jetait sur nous le réverbère, sans trop savoir que faire du légitime plaisir qui s'offrait à nous.

Viviane avait des siècles d'avance sur moi. Elle se déplaçait à la vitesse des comètes. En regard de ses secrets, mes rêves semblaient bien pâles.

Je commençais à douter du bonheur annoncé par l'amour de Mireille. La confortable douceur dans laquelle baignait notre amitié amoureuse pesait sur mon cœur, comme la demi-douzaine d'éclairs au chocolat que sa mère me faisait avaler. Je sentais confusément qu'il me faudrait mettre cet amour à la diète. Mon âme s'empâtait.

Dans deux semaines, on allait célébrer une noce que je ne désirais plus. Une cérémonie dont le monde entier ignorait la signification. Tous étaient d'une gentillesse étouffante. J'avais envie de disparaître, d'aller réchauffer les mains de Viviane, ma petite souillon, au feu de son secret. Et pourtant, j'avais honte d'avoir honte de ne pas oser la saluer lorsque je la voyais, au sortir de la messe, aider sa mère à faire la fleuriste. Courant, riant trop fort, j'entraînais avec moi de petites âmes bien proprettes dans leurs habits du dimanche. Comme si l'âme de Viviane avait, elle aussi, les ongles noirs et les doigts rougis par le froid, je fuyais cette petite fille que je ne comprenais pas et qui m'attirait tant...

Le regard de Mireille, qui m'avait tant de fois ébloui, rejaillissait en moi comme une cascade de reproches. Mais non, c'était toujours l'amour ! Un sirop d'amour qui commençait cruellement à m'écœurer. Prétextant un mal de ventre peu glorieux, je m'éloignai à toutes jambes de la perspective d'un bonheur en pâte feuilletée.

À peine avais-je dévalé les escaliers que le doute, déjà, s'emparait de moi. La culpabilité : rongé par ce mal nouveau dont j'ignorais le nom, je me prenais les pieds dans mes contradictions amoureuses. Mais il ne me restait qu'une rue à franchir pour retrouver celle qui, en cet instant, me manquait le plus. Lorsque j'arrivai sur la place de l'église, la mère et la fille s'étaient évanouies dans la nature. Je piétinai de rage ce malheureux rectangle de pavé en découvrant que ma journée était fichue.

Ne possédant pas l'ombre d'un soupçon de vergogne, je courus chez Mireille, prêt à tout lui raconter, ne souhaitant pas ajouter au spleen le poids écrasant d'un dimanche accablant. Mais l'oiseau gourmand lui aussi s'était envolé. Mireille avait brisé les barreaux de sa cage sucrée. Elle avait dû se poser quelque part, dans les allées étroites d'un grand parc, où elle avait sans doute, en passant, caressé la tête d'un ours blanc que le sculpteur Pompon avait lissé, pour ceux qui aiment toucher pour croire.

Peu m'importait où habitait Viviane, je ne courrais pas la retrouver. Le morcellement de mon rêve rendait ma pensée trop confuse pour me permettre d'évaluer mon désir. Elle avait promis de me montrer « quelque chose ». Et dans mon imagination, entre la promesse et la chose, s'étaient installées d'abominables monstruosités.

Mon serment non tenu envers Mireille me torturait. Renoncer à Viviane me désespérait. Quelques jours avant la communion privée qui devait célébrer notre mariage secret, je fis une tentative de rapprochement envers Mireille. À ma grande surprise, son cœur n'y était plus. Lorsque je voulus lui prendre la main pour monter jusqu'à l'autel, elle refusa d'un sourire, puis, de son petit pas rond et tranquille, s'en alla recevoir la communion. Elle avait exprimé son désenchantement avec simplicité, sans un reproche. Des garçons et des filles formaient à présent un cortège derrière elle. Un instant, je la suivis des yeux. Puis je me mis dans la file…

Nous étions maintenant à genoux, alignés devant le prêtre, les mains jointes et les yeux braqués sur la coupe d'argent de laquelle il extrayait l'hostie vers nos langues gloutonnes. Je ne connaissais pas le goût de l'hostie. Dès l'instant où elle fut posée sur ma langue, j'hésitai entre croquer ou laisser fondre. À ma grande surprise, la chose fondit comme neige au soleil, se collant insidieusement au palais. J'essayais en vain de prier, mais la panique commençait à faire chanceler ma foi. Il était clair que je m'étouffais. Les larmes aux yeux, les tempes battantes, je devinais la lutte sans merci que se livraient le Bien et le Mal à l'intérieur de mon âme et dont ma gorge était le champ de bataille. Je suffoquais. Mes yeux lançaient des appels de détresse à ce prêtre qui prenait mon regard révulsé pour une espèce de transe. Sa main m'ordonna de prier. J'étais comme ces presque noyés à qui l'on répond par un « Hello » joyeux alors qu'ils jettent leur ultime force en agitant un bras. J'avais une redoutable envie de dégobiller. Le petit Jésus ne passait pas. Il résistait, refusant de se séparer de mon pauvre palais asséché. J'étais tombé sur une hostie particulièrement coriace. « Peut-être sur une pile d'hosties collées les unes aux autres ? » pensais-je en mourant, car je mourais. Je mourais étouffé dans une église, et mon assassin, c'était le petit Jésus.

Une soirée chez les Meyer

La nuit brillait, froide, le long de cette large avenue aux immeubles imposants qui nous menait tout droit chez les Meyer, nos propriétaires qui, profitant de la même journée de repos que mes parents, nous avaient invités à dîner. Nous nous étions sévèrement pomponnés et les recommandations de bienséance avaient été aiguës. Ma mère tenait bien serré dans son gant le petit morceau de papier chiffonné sur lequel madame Meyer avait inscrit le nom de la rue, le numéro de l'immeuble et celui de l'étage. C'est ma mère qui sonna, deux petits coups brefs qui résonnèrent comme enroués à l'intérieur de cet appartement qui excitait en nous tous les fantasmes de nos malaises de sous-prolétaires de la culture bourgeoise provinciale.

Et pourtant, jamais une porte de cette qualité ne nous avait été ouverte avec autant d'aménité, d'affabilité et de bienveillance.

À tel point que notre unique recours de bienséance fut de prolonger, presque jusqu'à l'usure, la pratique de leur paillasson qui n'en demandait pas tant. Lorsque nos semelles furent abondamment lustrées, mademoiselle Meyer aînée – qui attendait patiemment, malgré l'air glacé du palier s'engouffrant à l'intérieur de son petit intérieur, chauffé avec un ronronnement assidu et discret par un poêle allemand qui brûlait du charbon français, que notre maniaque propreté prenne fin – referma définitivement cette porte qui ne cessait de laisser échapper le prix de la chaleur.

C'était la fille aînée, elle n'était pas folichonne, mais quand nous vîmes la cadette, on pouvait supposer que, menée adroitement par les lingots provenant de la vente des yaourts, elle avait une chance à saisir au passage du premier mari qui aurait la bonne idée de faire sa demande. Monsieur et madame Meyer apparurent en file indienne dans le petit couloir, chargé d'une magistrale tête de cerf dont les bois servant de portemanteau empêchaient tout déplacement en colonne par deux. On nous débarrassa de nos pelures avec empressement et nous nous trouvâmes en un instant propulsés dans un rêve bourgeois. Un piano droit, recouvert d'un tissu brodé de soie et de fil d'or et sur lequel deux chandeliers de cuivre brillaient de tous leurs feux, occupait une grande partie de ce petit salon. Deux fauteuils, un canapé-pour-trois-en-se-serrant-bien-fort et des petits tapis sur un parquet luisant où nous marchions sur la pointe des pieds, occupaient nos pensées. Des bibelots à tire-larigot, entassés dans un ordre parfait sur commodes et consoles, me ramenaient aux étals de fromages et je trouvais la symétrie ordonnée des objets, des idées et des sentiments des plus sécurisantes. Le bien le mal le propre le sale le beau le laid – peu importait que leur beau fût laid –, ils avaient décidé une bonne fois pour toutes de ce qui devait être à la place qui leur semblait la bonne pour que tout baignât dans un indicible bonheur. Il suffisait apparemment de le décider pour que cela soit.

Dans leur canapé nous plongeâmes mollement, tout en gardant notre entière dignité de timides qui nous empêchait de nous affaler lamentablement. Prudent à chaque passage de petits amuse-gueules, je laissais passer mon tour une fois sur deux. Je pris un seul verre de sirop de cassis, alors que mon père se laissa allégrement aller à une deuxième, et même à une troisième tournée de vin blanc cassis. Ma mère, qui ne supportait pas l'alcool, me semblait légèrement pompette dès la première coupe de champagne. Quant aux Meyer, en bons Bourguignons et fiers de l'être, ils ne rechignaient sur aucune des gourmandises qu'ils nous faisaient partager.

La soirée alla bon train, gaie et enjouée, gourmande et appétissante à souhait. Un vrai banquet de noce. Il ne manquait que les mariés et les chansons à boire. On y arriva sous une forme détournée des plus sournoises.

– Mais monsieur Auteuil, vous qui êtes chanteur, si vous aviez la gentillesse d'entendre nos filles qui se préparent au chant depuis leur petite enfance, cela nous ferait plaisir d'avoir l'avis d'un spécialiste.

– Comment donc, dit mon père, n'est-ce pas Yvonne ? dit-il à ma mère.

– Oh oui, cela nous ferait réellement plaisir. Odile, accompagne ta sœur au piano.

– Oh non non, je n'oserai jamais, toi Clémence, commence et je t'accompagnerai.

Comme les deux filles n'arrivaient pas à se décider – et je les comprenais fort bien, car j'aurais haï mes parents de me forcer à un tel exercice en public –, j'étais pétri de honte pour ces pauvres demoiselles. C'est la mère qui trancha, d'un redoutable coup sec dans la nuque des filles.

– Eh bien moi je vais vous accompagner et vous allez chanter en duo ce lied de Schumann que papa aime tant.

C'était parti pour le lied. Le père se cala dans son fauteuil avec la confiance qui sied à tous ceux qui, convaincus comme lui du talent de leur progéniture, ne peuvent se laisser ébranler. La mère inspira bruyamment, ce qui fit palpiter ses narines profondes et larges, et les filles prirent des mines de vierges de couvent.

Mes parents repus et flattés n'attendaient rien d'autre que ce à quoi on les conviait, de la musique et du chant. Et moi, déjà crucifié par l'impudeur du monde, j'avais le rouge au front et les mains moites.

Lorsque la mère plaqua sur le clavier ses grandes mains de bourgeoise crémière et que les premiers accords se mirent à résonner de sons si délicats et si différents de nos lyriques habitudes, nous prîmes, je l'avoue, des mines recueillies de mélomanes avertis. Ma mère voulut déjà intervenir, tout étonnée que l'on puisse bien jouer dans un appartement, mais lorsque Odile et Clémence se mirent à chanter, une légère raideur emprisonna la nuque de mon père. Il se figea, tête baissée, nez dans les chaussures. Tout cela sous le regard doux, fier et confiant du père des fillettes, qui déjà tentait de trouver dans les yeux de mon père le premier signe d'encouragement qui viendrait conforter la certitude qu'il avait du talent de ses filles. Ma mère quant à elle, comme certains animaux – en particulier les chiens – que les ultrasons assaillent, faillit hurler à la mort mais fut prise de la tête aux pieds d'une sorte de tressaillement nerveux qui allait exploser sur un fou rire des plus désobligeants à l'égard de nos hôtes, quand, par un trait d'esprit d'une sanglante banalité, elle mima une profonde émotion qui lui permit de transformer ses rires en larmes. Monsieur Meyer, dont la légère myopie n'avait en rien altéré l'ouïe, profitant d'un soupir que Schumann souhaitait, dit à l'adresse des filles et de sa femme :

– Il ne faudrait pas ennuyer monsieur et madame Auteuil.

– Oh non, hoqueta ma mère, c'est pareil au théâtre, je suis toujours émue aux *finaux*.

Mon père se crispa sur son siège, et moi, profitant du *finaux*, j'explosai à mon tour. Puis mon père, de son rire si particulier, fait d'une espèce de toux mêlée à un étouffement rentré, suivit. Ma mère, comme seule une poule peut le faire, hoquetait des sons clairs qui annonçaient l'imminence d'une ponte, et ce ne fut pas long.

– Oui, les *finaux*, c'est un terme que nous employons dans notre profession pour indiquer que l'ensemble des morceaux que nous venons d'interpréter est terminé.

– Ah bien, dit monsieur Meyer, mais je croyais que comme on parle de l'ouverture d'un opéra on disait le *final*.

– Bien sûr, dit ma mère, mais quand il y en a plusieurs on dit les *finaux*.

– Ah bien, j'ignorais, répondit poliment monsieur Meyer.

Mon père comme un noyé qui ressuscite reprenait peu à peu son souffle. Ma mère, qui doutait de la précision de ses *finaux*, commençait à rougir, et moi je fuyais en aveugle à l'assaut d'improbables cabinets.

Dans le couloir j'hésitai entre trois portes.

– Tu as trouvé les toilettes ? demanda madame Meyer, le cul rivé sur le tabouret du piano.

– Oui oui madame, répondis-je en m'enfermant dans la chambre à coucher des pucelles.

Mon fou rire se calma peu à peu, mais une autre préoccupation vint accentuer mon maladif embarras. Comment passer pour un garçon bien élevé si dans le salon ne retentissait pas l'écho réconfortant du bruit de la chasse d'eau ? Il fallait absolument que je trouve ces maudits cabinets pour ne pas passer pour un petit garçon qui ne laisse pas propre derrière lui. Avec mille précautions j'ouvris et refermai cette porte grincheuse avec l'espoir que là-bas au salon le malaise des *finaux* ait débouché sur une autre conversation. On faisait chanter mon père. Connaissant sa naturelle timidité, je savais qu'il payait pour nous tous. Le plus discrètement possible je repris ma place dans le salon. Mon père, la main appuyée sur le piano, finissait : « Et Satan conduit le bal, et Satan conduit le bal ! » Monsieur Meyer était ravi, madame Meyer, fière d'avoir accompagné un professionnel, avait le regard brillant, ma mère se remettait de son fou rire, quand on lui demanda de chanter à son tour quelque chose.

– Oh ce serait avec plaisir, mais il est tard et nous devons ramener le petit.

Nous avions remboursé le dîner, mon père avait chanté, nous avions entendu les filles en faire autant, il me semblait qu'à part une récitation qu'on ne me demanda pas, nous étions quittes, et que nous pouvions nous séparer bons amis.

Nous sommes restés dignes jusqu'au bas des escaliers. Là, sentant que la rue était à notre portée, et que dans la rue nous pourrions laisser éclater notre trop-plein de nervosité contenue, je recommençai à pouffer. Mon père et ma mère s'élancèrent dans la rue pour s'écrouler d'un rire babylonien, qui n'en finissait pas de finir. Nous allions mourir de rire, quand la nuit glacée nous rappela que nous pouvions aussi mourir de froid.

RÉALISATION : PAO ÉDITIONS DU SEUIL
IMPRESSION : NORMANDIE-ROTO IMPRESSION S.A.S. À LONRAI (ORNE)
DÉPÔT LÉGAL : JUIN 2004. N° 66955 (04-1344)
IMPRIMÉ EN FRANCE

P1024. La Constance du jardinier, *par John Le Carré*
P1025. Ainsi vivent les morts, *par Will Self*
P1026. Doux Carnage, *par Toby Litt*
P1027. Le Principe d'humanité, *par Jean-Claude Guillebaud*
P1028. Bleu, histoire d'une couleur, *par Michel Pastoureau*
P1029. Speedway, *par Philippe Thirault*
P1030. Les Os de Jupiter, *par Faye Kellerman*
P1031. La Course au mouton sauvage, *par Haruki Murakami*
P1032. Les Sept Plumes de l'aigle, *par Henri Gougaud*
P1033. Arthur, *par Michel Rio*
P1034. Hémisphère nord, *par Patrick Roegiers*
P1035. Disgrâce, *par J. M. Coetzee*
P1036. L'Âge de fer, *par J. M. Coetzee*
P1037. Les Sombres feux du passé, *par Chang Rae Lee*
P1038. Les Voix de la liberté, *par Michel Winock*
P1039. Nucléaire Chaos (inédit), *par Stéphanie Benson*
P1040. Bienheureux ceux qui ont soif..., *par Anne Holt*
P1041. Le Marin à l'ancre, *par Bernard Giraudeau*
P1042. L'Oiseau des ténèbres, *par Michael Connelly*
P1043. Les Enfants des rues étroites, *par Abdelhak Sehrane*
P1044. L'Ile et Une nuit, *par Daniel Maximin*
P1045. Bouquiner, *par Annie François*
P1046. Nat Tate, *par William Boyd*
P1047. Le Grand Roman indien, *par Shashi Tharoor*
P1048. Les Lettres mauves, *par Lawrence Block*
P1049. L'Imprécateur, *par René-Victor Pilhes*
P1050. Le Stade de Wimbledon, *par Daniele Del Giudice*
P1051. La Deuxième Gauche
par Hervé Hamon et Patrick Rotman
P1052. La Tête en bas, *par Noëlle Châtelet*
P1053. Le Jour de la cavalerie, *par Hubert Mingarelli*
P1054. Le Violon noir, *par Maxence Fermine*
P1055. Vita Brévis, *par Jostein Gaarder*
P1056. Le Retour des caravelles, *par António Lobo Antunes*
P1057. L'Enquête, *par Juan José Saer*
P1058. Pierre Mendès France, *par Jean Lacouture*
P1059. Le Mètre du monde, *par Denis Guedj*
P1060. Mort d'une héroïne rouge, *par Qiu Xiaolong*
P1061. Angle mort, *par Sara Paretsky*
P1062. La Chambre d'écho, *par Régine Detambel*
P1063. Madame Seyerling, *par Didier Decoin*
P1064. L'Atlantique et les Amants, *par Patrick Grainville*
P1065. Le Voyageur, *par Alain Robbe-Grillet*
P1066. Le Chagrin des Belges, *par Hugo Claus*
P1067. La Ballade de l'impossible, *par Haruki Murakami*

P1068. Minoritaires, *par Gérard Miller*
P1069. La Reine scélérate, *par Chantal Thomas*
P1070. Trompe la mort, *par Lawrence Block*
P1071. V'là aut' chose, *par Nancy Star*
P1072. Jusqu'au dernier, *par Deon Meyer*
P1073. Le Rire de l'ange, *par Henri Gougaud*
P1074. L'Homme sans fusil, *par Ysabelle Lacamp*
P1075. Le Théoriste, *par Yves Pagès*
P1076. L'Artiste des dames, *par Eduardo Mendoza*
P1077. Les Turbans de Venise, *par Nedim Gürsel*
P1078. Zayni Barakat, *par Ghamal Ghitany*
P1079. Éloge de l'amitié, ombre de la trahison
par Tahar Ben Jelloun
P1080. La Nostalgie du possible. Sur Pessoa
par Antonio Tabucchi
P1081. La Muraille invisible, *par Henning Mankell*
P1082. Ad vitam aeternam, *par Thierry Jonquet*
P1083. Six Mois au fond d'un bureau, *par Laurent Laurent*
P1084. L'Ami du défunt, *par Andreï Kourkov*
P1085. Aventures dans la France gourmande, *par Peter Mayle*
P1086. Les Profanateurs, *par Michael Collins*
P1087. L'Homme de ma vie, *par Manuel Vázquez Montalbán*
P1088. Wonderland Avenue, *par Michael Connelly*
P1089. L'Affaire Paola, *par Donna Leon*
P1090. Nous n'irons plus au bal, *par Michelle Spring*
P1091. Les Comptoirs du Sud, *par Philippe Doumenc*
P1092. Foraine, *par Paul Fournel*
P1093. Mère agitée, *par Nathalie Azoulay*
P1094. Amanscale, *par Marilyne Desbiolles*
P1095. La Quatrième Main, *par John Irving*
P1096. La Vie devant ses yeux, *par Laura Kashischke*
P1097. Foe, *par J. M. Coetzee*
P1098. Les Dix Commandements, *par Marc-Alain Ouaknin*
P1099. Errance, *par Raymond Depardon*
P1100. Dr la Mort, *par Jonathan Kellerman*
P1101. Tatouage à la fraise, *par Lauren Henderson*
P1102. La Frontière, *par Patrick Bard*
P1103. La Naissance d'une famille, *par T. Berry Brazelton*
P1104. Une mort secrète, *par Richard Ford*
P1105. Blanc comme neige, *par George P. Pelecanos*
P1106. Jours tranquilles à Belleville, *par Thierry Jonquet*
P1107. Amants, *par Catherine Guillebaud*
P1108. L'Or du roi, *par Arturo Perez-Reverte*
P1109. La Peau d'un lion, *par Michael Ondaatje*
P1110. Funérarium, *par Brigitte Aubert*

Collection Points

DERNIERS TITRES PARUS

P947. Scènes de la vie d'un jeune garçon, *par J. M. Coetzee*
P948. L'avenir vient de loin, *par Jean-Noël Jeanneney*
P949. 1280 Âmes, *par Jean-Bernard Pouy*
P950. Les Péchés des pères, *par Lawrence Block*
P951. Les Enfants de fortune, *par Jean-Marc Roberts*
P952. L'Incendie, *par Mohammed Dib*
P953. Aventures, *par Italo Calvino*
P954. Œuvres pré-posthumes, *par Robert Musil*
P955. Sérénissime assassinat, *par Gabrielle Wittkop*
P956. L'Ami de mon père, *par Frédéric Vitoux*
P957. Messaouda, *par Abdelhak Serhane*
P958. La Croix et la Bannière, par William Boyd
P959. Une voix dans la nuit, *par Armistead Maupin*
P960. La Face cachée de la lune, *par Martin Suter*
P961. Des villes dans la plaine, *par Cormac McCarthy*
P962. L'Espace prend la forme de mon regard *par Hubert Reeves*
P963. L'Indispensable Petite Robe noire *par Lauren Henderson*
P964. Vieilles Dames en péril, *par Margaret Yorke*
P965. Jeu de main, jeu de vilain, *par Michelle Spring*
P966. Carlota Fainberg, *par Antonio Muñoz Molina*
P967. Cette aveuglante absence de lumière *par Tahar Ben Jelloun*
P968. Manuel de peinture et de calligraphie *par José Saramago*
P969. Dans le nu de la vie, *par Jean Hatzfeld*
P970. Lettres luthériennes, *par Pier Paolo Pasolini*
P971. Les Morts de la St Jean, *par Henning Mankell*
P972. Ne zappez pas, c'est l'heure du crime, *par Nancy Star*
P973. Connaissance de la douleur, *par Carlo Emilio Gadda*
P974. Les Feux du Bengale, *par Amitav Ghosh*
P975. Le Professeur et la Sirène *par Giuseppe Tomasi di Lampedusa*
P976. Éloge de la phobie, *par Brigitte Aubert*
P977. L'Univers, les dieux, les hommes *par Jean-Pierre Vernant*
P978. Les Gardiens de la Vérité, *par Michael Collins*
P979. Jours de Kabylie, *par Mouloud Feraoun*
P980. La Pianiste, *par Elfriede Jelinek*

P981. L'homme qui savait tout, *par Catherine David*
P982. La Musique d'une vie, *par Andreï Makine*
P983. Un vieux cœur, *par Bertrand Visage*
P984. Le Caméléon, *par Andreï Kourkov*
P985. Le Bonheur en Provence, *par Peter Mayle*
P986. Journal d'un tueur sentimental et autres récits *par Luis Sepùlveda*
P987. Étoile de mer, *par G. Zoë Garnett*
P988. Le Vent du plaisir, *par Hervé Hamon*
P989. L'Envol des anges, *par Michael Connelly*
P990. Noblesse oblige, *par Donna Leon*
P991. Les Étoiles du Sud, *par Julien Green*
P992. En avant comme avant !, *par Michel Folco*
P993. Pour qui vous prenez-vous ?, *par Geneviève Brisac*
P994. Les Aubes, *par Linda Lê*
P995. Le Cimetière des bateaux sans nom *par Arturo Pérez-Reverte*
P996. Un pur espion, *par John Le Carré*
P997. La Plus Belle Histoire des animaux
P998. La Plus Belle Histoire de la Terre
P999. La Plus Belle Histoire des plantes
P1000. Le Monde de Sophie, *par Jostein Gaarder*
P1001. Suave comme l'éternité, *par George P. Pelecanos*
P1002. Cinq Mouches bleues, *par Carmen Posadas*
P1003. Le Monstre, *par Jonathan Kellerman*
P1004. À la trappe !, *par Andrew Klavan*
P1005. Urgence, *par Sarah Paretsky*
P1006. Galindez, *par Manuel Vázquez Montalbán*
P1007. Le Sanglot de l'homme blanc, *par Pascal Bruckner*
P1008. La Vie sexuelle de Catherine M., *par Catherine Millet*
P1009. La Fête des Anciens, *par Pierre Mertens*
P1010. Une odeur de mantèque, *par Mohammed Khaïr-Eddine*
P1011. N'oublie pas mes petits souliers, *par Joseph Connolly*
P1012. Les Bonbons chinois, *par Mian Mian*
P1013. Boulevard du Guinardo, *par Juan Marsé*
P1014. Des Lézards dans le ravin, *par Juan Marsé*
P1015. Besoin de vélo, *par Paul Fournel*
P1016. La Liste noire, *par Alexandra Marinina*
P1017. La Longue Nuit du sans-sommeil, *par Lawrence Block*
P1018. Perdre, *par Pierre Mertens*
P1019. Les Exclus, *par Elfriede Jelinek*
P1020. Putain, *par Nelly Arcan*
P1021. La Route de Midland, *par Arnaud Cathrine*
P1022. Le Fil de soie, *par Michèle Gazier*
P1023. Paysages originels, *par Olivier Rolin*

P1111. Requiem pour une ombre, *par Andrew Klavan*
P1113. Tigre en papier, *par Olivier Rolin*
P1114. Le Café Zimmermann, *par Catherine Lépront*
P1115. Le Soir du chien, *par Marie-Hélène Lafon*
P1116. Hamlet, pan, pan, pan, *par Christophe Nicolas*
P1117. La Caverne, *par José Saramago*
P1118. Un ami parfait, *par Martin Suter*
P1119. Chang et Eng le double-garçon, *par Darin Strauss*
P1120. Les Amantes, *par Elfriede Jelinek*
P1121. L'Étoffe du diable, *par Michel Pastoureau*
P1122. Meurtriers sans visage, *par Henning Mankell*
P1123. Taxis noir, *par John McLaren*
P1124. La Revanche de Dieu, *par Gilles Kepel*
P1125. À ton image, *par Louise L. Lambrichs*
P1126. Les Corrections, *par Jonathan Franzen*
P1127. Les Abeilles et la Guêpe, *par François Maspero*
P1128. Les Adieux à la Reine, *par Chantal Thomas*
P1129. Dondog, *par Antoine Volodine*
P1130. La Maison Russie, *par John le Carré*
P1131. Livre de chroniques, *par António Lobo Antunes*
P1132. L'Europe en première ligne, *par Pascal Lamy*
P1133. Les Nouveaux Maîtres du monde, *par Jean Ziegler*
P1134. Tous des rats, *par Barbara Seranella*
P1135. Des morts à la criée, *par Ed Dee*
P1136. Allons voir plus loin, veux-tu ?, *par Annie Duperey*
P1137. Les Papas et les Mamans, *par Diastème*
P1138. Phantasia, *par Abdelwahab Meddeb*
P1139. Métaphysique du chien, *par Philippe Ségur*
P1140. Mosaïque, *par Claude Delarue*
P1141. Dormir accompagné, *par António Lobo Antunes*
P1142. Un monde ailleurs, *par Stewart O'Nan*
P1143. Rocks Springs, *par Richard Ford*
P1144. L'Ami de Vincent, *par Jean-Marc Roberts*
P1145. La Fascination de l'étang, *par Virginia Woolf*
P1146. Ne te retourne pas, *par Karin Fossum*
P1147. Dragons, *par Marie Desplechin*
P1148. La Médaille, *par Lydie Salvayre*
P1149. Les Beaux Bruns, *par Patrick Gourvennec*
P1150. Poids léger, *par Olivier Adam*
P1151. Les Trapézistes et le Rat, *par Alain Fleischer*
P1152. À Livre ouvert, *par William Boyd*
P1153. Péchés innombrables, *par Richard Ford*
P1154. Une situation difficile, *par Richard Ford*
P1155. L'éléphant s'évapore, *par Haruki Murakami*
P1156. Un amour dangereux, *par Ben Okri*

P1157. Le Siècle des communismes, *ouvrage collectif*
P1158. Funky Guns, *par George P. Pelecanos*
P1159. Les Soldats de l'aube, *par Deon Meyer*
P1160. Le Figuier, *par François Maspero*
P1161. Les Passagers du Roissy-Express
par François Maspero
P1125. À ton image, *par Louise L. Lambrichs*
P1162. Visa pour Shangai, *par Qiu Xiaolong*
P1163. Des dalhias rouge et mauve, *par Frédéric Vitoux*
P1164. Il était une fois un vieux couple heureux
par Mohammed Khaïr Eddine
P1165. Toilette de chat, *par Jean-Marc Roberts*
P1166. Catalina, *par Florence Delay*
P1167. Nid d'hommes, *par Lu Wenfu*
P1168. La Longue Attente, *par Ha Jin*
P1169. Pour l'amour de Judith, *par Meir Shalev*
P1170. L'Appel du couchant, *par Ghamal Ghitany*
P1171. Lettres de Drancy
P1172. Quand les parents se séparent, *par Françoise Dolto*
P1173. Amours sorcières, *par Tahar Ben Jelloun*
P1174. Sale Temps, *par Sara Paretsky*
P1175. L'Ange du Bronx, *par Ed Dee*
P1176. La Maison du désir, *par France Huser*
P1177. Cytomégalovirus, *par Hervé Guibert*
P1178. Les Treize Pas, *par Mo Yan*
P1179. Le Pays de l'alcool, *par Mo Yan*
P1180. Le Principe de Frédelle, *par Agnès Desarthe*
P1181. Les Gauchers, *par Yves Pagès*
P1182. Rimbaud en Abyssinie, *par Alain Borer*
P1183. Tout est illuminé, *par Jonathan Safran Foer*
P1184. L'Enfant zigzag, *par David Grossman*
P1185. La Pierre de Rosette
par Robert Solé / Dominique Valbelle
P1186. Le Maître de Petersbourg, *par J. M. Coetzee*
P1187. Les Chiens de Riga, *par Henning Mankell*
P1188. Le Tueur, *par Eraldo Baldini*
P1189. Un silence de fer, *par Marcelos Fois*
P1190. La Filière du jasmin, *par Denise Hamilton*
P1191. Déportée en Sibérie, *par Margarete Buber-Neumann*
P1192. Les Mystères de Buenos Aires, *par Manuel Puig*
P1193. La Mort de la phalène, *par Virginia Woolf*
P1194. Sionoco, *par Leon de Winter*
P1195. Poèmes et Chansons, *par Brassens*
P1196. Innocente, *par Dominique Souton*
P1197. Destins volés, *par Michael Pye*

P1198. Gang, *par Toby Litt*
P1199. Elle est partie, *par Catherine Guillebaud*
P1200. Le Luthier de Crémone, *par Herbert Le Porrier*
P1201. Le Temps des déracinés, *par Elie Wiesel*
P1202. Les Portes du sang, *par Michel del Castillo*
P1203. Featherstone, *par Kirsty Gunn*
P1204. Un vrai crime pour livres d'enfants, *par Chloe Hooper*
P1205. Les Vagabonds de la faim, *par Tom Kromer*
P1206. Mr Candid, *par Jules Hardy*
P1207. Déchaînée, *par Lauren Henderson*
P1208. Hypnose mode d'emploi, *par Gérard Miller*
P1209. Corse, *par Jean-Noël Pancrazi et Raymond Depardon*
P1210. Le Dernier Viking, *par Patrick Grainville*
P1211. Charles et Camille, *par Frédéric Vitoux*
P1212. Siloé, *par Paul Gadenne*
P1213. Bob Marley, *par Stephen Davies*
P1214. Ça ne peut plus durer, *par Joseph Connolly*
P1215. Tombe la pluie, *par Andrew Klavan*
P1216. Quatre Soldats, *par Hubert Mingarelli*
P1217. Les Cheveux de Bérénice, *par Denis Guedj*
P1218. Les Garçons d'en face, *par Michèle Gazier*
P1219. Talion, *par Christian de Montebella, Jacques Fansten, Louis Gardel*
P1220. Les Images, *par Alain Rémond*
P1221. La Reine du sud, *par Arturo Perez-Reverte*
P1222. Vieille Menteuse, *par Anne Fine*
P1223. Danse, danse, danse, *par Haruki Murakami*
P1224. Le Vagabond de Holmby Park, *par Herbert Lieberman*
P1225. Des amis haut placés, *par Donna Leon*
P1226. Tableaux d'une ex., *par Jean-Luc Bénoziglio*
P1227. La Compagnie, le grand roman de la CIA *par Robert Little*
P1228. Chair et Sang, *par Jonathan Kellerman*
P1231. Les Tortues de Zanzibar, *par Giles Foden*
P1232. Il a fait l'idiot à la chapelle !, *par Daniel Auteuil*
P1233. Lewis & Alice, *par Didier Decoin*
P1234. Dialogue avec mon jardinier, *par Henri Cueco*
P1235. L'Émeute, *par Sashi Tharoor*
P1236. Le Palais des miroirs, *par Amithav Ghosh*
P1237. La Mémoire du corps, *par Shauna Singh Baldwin*
P1238. Middlesex, *par Jeffrey Eugenides*
P1241. L'Inconnue de Baltimore, *par Laura Lippman*
P1243. Abattoir 5, *par Kurt Vonnegut*
P1244. Catalogue des idées reçues, *par Marina Yaguello*